1

IMPRESSUM
Herstellung und Verlag: BoD - Books on Demand, Norderstedt 2012
Autorin des Originals: Metta Victoria Victor
Titel der Originalausgabe: The Bad Boy Abroad (erschienen 1883 bei
George Routledge & Sons, New York)
Übersetzung, Layout, Grafik, typografische Gestaltung: Ní Gudix, Berlin
www.gudixtransliterarix.jimdo.com
Umschlaggestaltung und Illustrationen: © Ní Gudix

ISBN: **978-3-8482-2733-4**

Metta Victor
DER SCHLIMME SCHLINGEL AUF GROSSER FAHRT
(The Bad Boy Abroad, 1883)

Erstmals aus dem Amerikanischen ins Deutsche übersetzt und mit Vorwarnung, Fussnoten und Nachbemerkung versehen von Ní Gudix

VORWARNUNG DER ÜBERSETZERIN

Bis heute hält sich das Gerücht, es sei Mark Twain gewesen, der in seinem HUCKLEBERRY FINN 1884 erstmals Slang und Dialekt in die Prosa habe einfließen lassen. Huck schreibt seine Abenteuer mit dem Sklaven Jim bekanntlich aus der Ich-Perspektive und so, wie er spricht, und das wurde literarisch als Weltrevolution gefeiert.

Aber Huck war nicht der erste slangschnackende, auf Konventionen pfeifende Rotzbengel der Weltliteratur, und Mark Twain war auch nicht der erste Autor, der so eine Gestalt erfunden hatte.

Metta Victoria Victor (1831-1886), eine damals sehr bekannte und auch erfolgreiche Schriftstellerin, hatte den Clou schon wesentlich früher raus. Bereits in ihrem 1861 erschienenen Anti-Sklaven-Roman MAUM GUINEA ließ sie die Schwarzen im Slang reden.

Und den Rotzbengel, der aus der Ich-Perspektive erzählt und so schreibt, wie er spricht, den erfand sie 1880. Dieses Buch, A BAD BOY'S DIARY, wurde zum meistverkauften amerikanischen Buch des Jahres und zum Weltbestseller. Sein Held, der „bad boy", hieß Georgie Hackett. „Little Georgie" bringt die Welt, in der er lebt, nicht nur durch seine Streiche und Abenteuer, sondern auch durch seine wilde Orthographie und seinen Frei-nach-Schnauze-Stil zum Erbeben, und verglichen mit der Authentizität, die Metta Victor erschafft, kommt einem HUCKLEBERRY FINN geradezu gekünstelt vor. Jedenfalls ging es mir so.

THE BAD BOY ABROAD, 1883 erschienen, ist die Fortsetzung von Georgie Hacketts Abenteuern sowie auch seiner Wortspiele und Rechtschreibfinten. Während Georgie im DIARY Tagebuch führte, kliert er hier Briefe – von unterwegs, von der großen Reise durch Europa, an seinen Kumpel Jim zuhause in den USA. Und die Briefe sind, genau wie auch die Tagebucheinträge aus dem DIARY, unzensiert, unkommentiert, unbehauen. Man kann sie sich vorstellen als tintenfleckige Schmierblätter, die so, wie sie sind, gedruckt wurden. Kein allwissender Erzähler greift ein und erklärt sie, kein mütterlicher Lektor korrigiert die Rechtschreibung, keine väterlich besorgte Hand zensiert die Frechheiten. THE BAD BOY ABROAD ist eine Sammlung von Lausbuben-Kurzgeschichten in Briefform, die in ihrer anarchischen Authentizität wohl wirklich revolutionär sind.

Alles, was ich dazugefügt habe, sind Fußnoten. Die hab ich angebracht, um gewisse Sachverhalte zu veranschaulichen, die seit 1883 vielleicht in Vergessenheit geraten sind – Namen von Personen etwa, die damals jeder kannte und heute kaum noch einer, oder auch von Orten, Dingen oder Redewendungen, die ebenfalls vom Mantel der Zeit zugedeckt wurden. Ich habe dies nicht getan, um ordnend oder gar rechtfertigend in Georgies Briefe einzugreifen, sondern, um zumindest einen Teil des Subtextes aufzuzeigen, der sich dahinter verbirgt. Ansonsten habe ich die Briefe so übersetzt, wie sie dastehen, inklusive der Wortspielereien.

Dieses Buch ist also kein leicht zu lesendes und leicht bekömmliches Schmankerl für zwischendurch, das ist meine Vorwarnung an Sie, geneigter Leser. Sie werden mitunter zurückschrecken ob der Schreibe, den Kopf schütteln, die Brauen zusammenziehen oder schlicht blöd gucken. Aber wenn Sie erst mal den Bogen raushaben, dann werden Sie auch grinsen, da bin ich mir sicher.

William S. Burroughs sagte mal: „Ich bin Schriftsteller und kein Reisebüro!" Ein Schriftsteller ist nicht dafür verantwortlich, daß die Leser heil und sicher von A nach B kommen. Er liefert die Abenteuer und fertig. Durchfinden muß der Leser sich da schon selbst.

Genauso ist das auch hier. Also schnappen Sie sich Ihre Axt oder Ihre Sense und folgen Sie Georgie durch den Buchstabendschungel (mit Ihrem Navi werden Sie nämlich nicht weit kommen, das wird wohl schon nach den ersten paar Seiten den Geist aufgeben…)!

Halten Sie sich an Georgie, wenn Sie nicht weiterwissen, denn der wirft auch nicht so einfach seine Flinte ins Korn.

Viel Erfolg und gute Reise wünscht

Ní Gudix, 2012

S geht los

„Heh, Georgie, ich hab gehört, dein Alter macht ne Reise nach Europa?" „Wann sollsn los gehn?"

„In ner Woche oder so. Mama geht auch mit, damit Papa kein' Scheiß macht. Mama hat Angst dass die Spannierinnen und Französinnen Papa ganz schön den Kopp verdrehn, un weil ich drin bleiben will, in den sprachen, fahr ich auch mit, zum den Tollmätscher spielen, wa. He Jim, Polly wuh frosee, wie wie, maschär madamm, wie klingt das?

Das is Französisch. Würdste nich auch gern mitfahren? Komm ma hinters Haus, dann geb ich dir paar kippen. Papa sacht wenn man in Euer Opa unterwegs is darf man blos noch Havana Zigarren rauchen, also habbich gedacht ich helf ihm mal mit dem aufrauchen von die 1000 stücker wo er gestern gekauft hat. Papa hat gesacht wennich brav bin nimmt er mich mit zum Boa de Bullonje, in Pariß, un dann darf ich auf nem Strauß reiten. Na klar bin ich brav, und ich pass auch auf ihn auf, weil ich hab gehört wie er zum alten Col Spurcy gesacht hat dasser in New York mal ne spanische Sennerita gekannt hat wo lieblicher als lieblich is. Also, du kannz Gift drauf nehm dass ich bei jeder Sause dabei bin wo da abgeht. Ich schreib dir und erzähl dir alles."

Brief Nr. 1

Haubahnhof, New York

Lieber alter Kumpel –

okeh hier sind wir am Haubahnhof von New York. Papa sacht wenner die Reise überlebt dann wirder so alt wie Nebukatzer; er sacht er hätte lust zum mich ins Weißenhaus stecken weil ich ihm alles versau. Aber ich glaub jetz gehts ihm gut, weil ichn gesehn hab mit soner Schau Spillerin aufm Schoß im Konzerthaus solang Mama ihre Siehesta gemacht hat. Na un dich hätt der Schlag getroffen wennste die fette alte Schachtel gesehn hättest im Schlafwagen, wo aufgesprung is un gekreischt hat wo ich inne falsche Koje geklettert bin, neben sie. „Mord!" hatse gejodelt, un der Schafner hat anner Glocke gezogen, un ich bin rausgehuppt in Zwischengang un hab gesacht: „Geld her, leute; hier kommt der schwarze recher!" Papa hat sich unter sein plünnen verkrochen, aber Mama hat mich anner stimme erkannt und gepakt, und ich glaub ich hätt dicke Beute gemacht wenn sie nich Schiss gehabt hätte dass die warheit über die Familie rauskommt.

Wo ich in meine eigne koje gekrochen bin konnt ich aber überhaup nich schlafen, weil in der näxten Koje lag n alter sack drin wo furchbar geschnarcht hat. Ich hab ne feder aus dem Kissen rausgezogen, hab rüber gelangt un ihn am Hals gekitzelt. Es war zum schießen wie der das immer wieder ab schütteln wollte; dann hatter den Nachtporteer gerufen un den gefracht ob wir schon in New Jersey sin, weil da det größte und ekligste Viech von Mostkitto auf ihm rumkrebst wo er je gesehn hat außerhalb von Jersey. Ich hab keine lust mehr gehab zum Mostkito spielen, also binnich raus zum was Trinken, und da hab ich gesehn wo der Nachportier seine schwarze schuhwixe hat, man sacht ja Öl is gut für leder, also bin ich innen Damen waschsalon rein un hab mir die Flasche mit dem Haaröl geschnappt und hab stadt dessen die Wixe hingestellt. Da kannze dir vorstellen wie der Nigger geschwitzt hat wo er zirka 20 paar schuhe zum glänzen gebracht hat. Fast alle ham am Morgen ne wut auf ihn gehabt und ham ihm nich ein cent gegeben. Papa hat gesacht ich soll seine tasche aufmachen un dem nigger n viertel Dollar geben, also hab ich ihm n goldenes 5 Dollar Stück gegeben. Papa sacht ja nächsten Liebe is die wichtigste Tugend überhaupt, also bin ich mal schön lieb zu meine Nächste.

Am morgen sind wir aufm neben Kleis gestanden, bei nem teich, also bin ich rausgejuckt und hab n kleinen frosch gefangen un hab den der frau in ihren Freßkorb gesteckt wo zu Mama gesacht hat, sie will ihrem Sohn bei bringen dasser sich in seinem fach auskennt. Ich glaub der Frosch hat sich schon gut in seinem fach ausgekannt wo sie den Korb auf gemacht hat, weil man hätt grad mein könn daß in unserem Waggon ne große ausstellung eröffnet wird für runtergerutschte Strümpfe un bestickte unter Hosen, schon dämlich wie gewisse Frauen auf die Sitze steigen un kreischen un sich die Röcke hoch reißen, alles blos wegen nem klein frosch. Heut abend gehn wir ins Tehater, un morgen um 12 segeln wir dann ab. Ich fühl mich schon richtich wien Sehmann.

Aus New York, dein
Georgie.

Brief Nr. 2

Dampfer Servia, New Jersey

Landratte Jim –
ich nutz die schoße zum dir noch ne zeile oder 2 schreiben
bevor s losgeht. Also, ersma waren Papa & Mama & ich in der
Show, un da war ne Frau wo Die schlacksige Lillie hieß wo auf
der Büne rumgesprungen is un mit ihre Gelenke geschlackert hat,
Nomen is oh man wa, & die hat sich anscheint echt fürn schön-
heiz Provieh gehalten, aber mit der Fresse wie die hatte, hättse
sogar gegen unsre Leererin verloren. Papa hat gesacht ihm fallen
hundert schönere gelenke ein wo jeden Tach inner Euklidstraße
durchn Matsch schlackern. Ich fand die show zum einschlafen, &
wo ich n Fuzzi gesehn hab wo mit ner Schnalle vor mir rum
scheckern wollte, hab ich n liebesbriefchen geschrieben wo drauf
stand daß ich wahnsinnig verliebt bin in ihn, un das hab ich ihm
gegeben un ihm gesacht das hat mir die Frau da vorne übereicht.
Er hat ne antwort drauf geschrieben & mir n halben Dollar gegeben, und wo der Zirkus rum war hättste dich beölen könn wennste den Mann von der Tussi gesehn hättest wo ihm n paar gesal-
zene ringehauen hat wo er gefragt hat ob er sie heimbringen soll.
Es war schon zimmlich spät wo wir ins hotel zurückekomm sind,
Papa wollte noch wohin, un Mama & ich sin auf unser Zimmer.
Manoman, in New York hamse wirklich alle Schickanen. Mama
hat sich ihr Zeuch ausgezogen & sich kreme aufs gesicht geschmiert, für die pickel, wiese sacht, und ich hab mir mal die
ganze Armeetouren reingezogen, und da hab ich ein Bord gesehn
mit nem haufen weiße Knöpfe drauf; ich hab mal die hand da

drüber sausen lassen, und plötzlich kommtn Nigger ins zimmer gestürzt un sacht: „Bitte ihr Wasser, Ma'am." Mama is so rot geworn wie ne Tomate, un dann is das Zimmermädchen reingewetzt gekomm un auf Mama los & hat gesacht das Bettzeuch is sauber genuch für uns. Mama hat gesagt das Bettzeug is doch okeh un wollte grad ins bett, wo der Tüpp wo den riesigen Edelstein anhat, sein kopp durch die tür gesteckt un gebrüllt hat: „Zu welchem zug wollen Sie denn?" Mama is wieder rot geworn un hat gesacht zu gar keinem, un wo ich ihn gefragt hab zu was das bord mit die Knöppe denn da is, hat er gesacht: „Zum Teufel mit dir, du warstes also wo 44 geklingelt hat."

Mama is dann doch noch ins bet gekommen, un ich hab mir n mantel un die Jacke aus gezogen & hab das aufn Kleiderhacken neben dem Bett gehenkt, & kaum ne Seckunde später schrillen hunderte klingeln, un die Leute rufen „feuer", un Mama un ich sin rausgerannt zum Gucken wos brennt. Der fluhr war voll mit Männer & Frauen im Nachthemmt, un dann komm paar Nigger an mit dem Feuerlöscher un jodeln: „Feuer in Zimmer 44" un spritzen mich & Mama mit nem ecklig stinkenden Seuch voll. Wo sie gesehn haben dasses überhaupt nich brennt, hätten se mich am liebsten zum fenster raus geschmissen. Mama mußte sich eins von Papas Nachthemder borgen zum drin schlafen weil ihrs noch ganz nas war. Papa hat gesacht er würd mich mittem Dzug sofort zurückschicken, aber ich bin ja nich mal das wert was das kostet.

Ungefähr um 10 heut morgen haben wir den bus genomm un sin an der Brooklyn & New York Bridge vorbei zu den Fähren gefahren. Die Brücke hättse sehn sollen, die is 20mahl so groß wie das Wieherdukt. Papa hat gesagt da stecken 15 Mille-ohnen Geld drin. New Yorker sin anscheint ganz anstendige leute, daß die das stehen lassen. Wenn Papa un unser Pfaffe in New

York leben würden dann wär die brücke schon längs weg, kannste gift drauf nehmen. Wo wir dann auf der Fehre nach New Jersey waren hat Papa angefang zu klönen von der zeit wo er Mattrose war als Junge. Er is zigmal am Horn gewesen un noch nie sehkrank geworden. Wo wir anbord gegangen sind, war der Käppten gleich wansinnig net zu mir, er hat mich am kopp getätschelt un gesagt ich bin ja n ganz braver kleiner Mann, & hat mir versprochen dasser mir den kompass zeigt un Kreppse, un dass ich die höhe von der Sonne bestimmen darf, mit den 6 Tanten. In 10 minuten gehts los.

Dein Freund, der Sehmann
Georgie.

Brief Nr. 3

Auf dem Mehr, Dampfer Servia

Lieber Jim –

ich glaub dem Käppten tuts jetz leid dasser so auf Kumpel gemacht hat mit mir wo wir uns kenngelernt haben. Er sacht dass isn Fall von un angebrachte Verdraulichkeit. Wir sin unnefähr um Mittag los gefahren un den Hafen runter gedampft. Papa gez ausgezeichnet, ich glaub wegen den Paar frauen ohne begleitung wo auch an Bort sin, und Mama hatte Kopf w also isse nach unten. Ich hab den frauen erzählt dass Papa n Millionähr aus Cleveland is un dasser Weiber nich aus stehn kann, aber die ham gesagt sie kriegen ihn gezähmt noch befor wir ins Mehr stechen. Papa vertreibt sich gern die zeit mit weiber wenn Mama nich dabei is.

Wo wir vor Sandy Hook waren hat der Dampfer plötzlich Wippe gespielt, & dann hab ich gesehn daß Papa um die Nasenspitze rum schon ganz weis is, un ich bin hoch an deck wo er mittie Weiber geschwätzt hat, un hab gesacht: „Biste jetz schon sehkrank?" Er hat gesagt seine galle plagt ihn ein ganz klein wenig, un er hat seine Sehbeine noch nich wieder gefunden[1]. Ich hab gesehn wie so ne ganz junge Papa ganz mitleidig an geguckt hat, also bin ich rüber zu der & habse gefracht ob se Papas Seh Gliedmassen irgendwo gesehn hat (Mama hat gesagt ich soll in der gegen Wart von frauen nicht von Beine sprechen), un sie is

---

[1] „to find one's sealegs" heißt „seine Seefestigkeit erlangen". Ich habe dies hier so stehenlassen wegen des schönen Wortspiels.

rot geworn un hat gesagt: „Ach der arme Mann, hatter se verloren?" Ich glaub die galle in Papas Magen is dann zimblich unruhig geworn, weil er hat sich über die Rehling gebeugt, & die weiber ham gelacht, & er hat gesagt das is die Aufname gebühr wo er dem alten Nepptun zahlen mus. Ich glaub der olle Nepp hat sich da ganz schön ne goldne Neese verdient weil fast jeder hat das so gemacht wie Papa.

Da war noch son alter Mann wo sein kopp innem spuknapf drin hatte un gegurgelt hat: „Oh, oh!" Ich habn gefracht wat los is & er hat gesacht: „Oh, die eier warn so hart! Die eier warn so hart!" Un ich bin runter inne kabiene un hab da das kleene Kücken gehohlt wo mir Mama letzte Ohstern geschenkt hat, un wo er nich geguckt hat hab ich ihm das in sein Spuknapf gesetzt, dann hab ichm bißchen warmes wasser gebracht, & er hat mächtig gereiert & hat das Kücken gesehen & gejodelt: „Heiliger Bingofatzkius! Ja hols der Geier, da ha ick wolln janzet Huhn jefressen wo ick im Brunswick[2] die harte eier jefrüstückt hab!"

Wos zum essen gegongt hat ham alle, außer die junge un die andern weiber wo Papa zähmen wollen, gesagt sie ham kein Hunger, also bin ich mit den Drei runtergeschwanzt. Ich glaub die mögen mich alle, besonders die junge, so wie die mich gestern umarmt hat, hinterm Ruderhaus, wo keiner gegukt hat, s tut mir furchbar leit dass sie auf der schmiere ausgerutscht is wo ich auf die treppe gekippt hab damit der Cockney kellner auffe Schnauze fällt wenner mit nem Tapplett Gehschirr ankommt.

Nachm essen bin ich runter aufs vorder Deck wo die Mattrosen Sehmannsgarn gesponnen haben. Ich hab mir ja schon gedacht dass Jonas sein wahlfisch schon n ganz schön groses Viech war, aber anscheint war der noch gar nix verklichen mit dem ei-

---

[2] Brunswick: Hotel in New York

nen drausen inner Südseh wo einer von den Tüpen gesehn hat
wie der n ganzes kanu voll mit Nigger geschluckt hat & dann an
die küste muste wo er alle wieder raus gekotzt hat weiler so
schweres essen nich gewöhnt is. Nanderer hat erzählt wie er auf
der *Hellscorn* von Iremaistät oben inner Artick war und n Wahl
is mit dem schiff von ihre Meisentät zusammengekracht und hat
Achtern n loch reingeschlagen, und da isser dann festgeklempt
un hat das Schiff mit 100 Stunden Killer Meter mitgezogen, biss
es in Bombeh gestrandet is, und dann hamse 40 L Fanten gebraucht zum den Wahl wieder raus kriegen, und dann war er
stinkbesoffen weil er in dem käppten sein Wein keller rein gekracht is und alle Flaschen leer gesoffen hat.

Wo sie dann zum rumspinnen keine lust Meer hatten & das
in ihre Fresstüten gefüllt ham was auf ihre paar Hacken angebissen hat, & ein geschlafen sin, bin ich aufs deck raus gehuppt un
hab gejodelt: „8 Uhr, steuer Bortwache an Deck!" Das hättste
sehn sollen wie die alle auf gesprung un achtern gewetzt sin zum
dem käpten melden: „Alle an deck." Der Käptn hat gesagt, ihr
Vollideoten, es is ers zwei uhr, runter auf eure plätze, un dann
sinse rumgeloffen zum den vermalledeichten kleinen Yankee
Bengel suchen zum ihn in das fass mit der schmiere schmeißen,
aber, na klar, den hamse nirgenz gefunden.

Am morgen wahr das wasser ganz mit eis bedeckt, fast
Jeder is seine galle los geworn, & um uns rum nix wie Wasser.
Ungefehr um 8 hat mich der Cäptn mit hoch genomm auf die
Brücke un mir gezeigt wie das mit dem kompass geht, un wo er
nich geguckt hat, hab ich ne nadel zu dem W hin geschoben, un
plötzlich hat sich der ganze kompas im kreis rum gedreht. Wo
der Käpten wieder geguckt hat, isser fux teufels wild geworn un
hat mächtig in sein sprechrohr rein gefluchtet, zu dem Quartiers
Käpten hin im ruderhaus. Wo ich ihn gefragt hab wiso sich das

so rum gedreht hat wo ich die Nadel rein gesteckt hab, hat er gelacht un gesagt: „Na deinetwegen ja wohl, oder." Dann hatter durch das Sprech Rohr gebrüllt: „Hals auf Kurs Enn Oh." Wo ich ihn gefragt hab was Enn sein soll, hatter gesacht Enn heißt Nord, & Ess heißt Süd, un dann isser runter zum Gucken ob seine Lockberechnung stimmt. Ich finds echt gemein von ihm, daß er zu Papa gesacht hat ich bin der schlimmste Bengel wo er je mit seine augen erblikt hat blos weil ich in das Sprech rohr rein gesagt hab: „Halts auf Kurs Ess oh." Ich kann doch nix darfür, weil wenn der Käptn nich mit der Frau rumgeknutscht hätt wo den Pudel mit der knollen nase hat, dann hätter gemerkt dass das Schiff Richtung ess oh fährt bevors sechtzig meilen vom Kurz abgekommen is.

Da kommt gradn schiff vorbei, also mach ich hier mal schluss dann kann ich dem den Brief mit geben.

Dein von alle verleundeter freund

Georgie.

Brief Nr. 4

Auf dem Mehr, Dampfer Servia

Jim, lieber Freund –

gestern, kurz vorm Abendessen, bin ich nach Vorne und hab n großen batzen schuster Pech gehohlt un jedem n klex davon aufn Stuhl getan, blos den 2 frauen nich un der ganz Jungen, & wo dann alle beim Essen waren, hab ich gejodelt da kommt ein Schief, un da hättste dich gekringelt wennste geseen hätts wie die alle auf springen un ihre kleider machen ratsch; Papas hosen Boden vonner leinen Hose is auf dem Stuhl geblieben. Alle hamse gesacht ich bin Schult, un dass Papa mir ne gehöriche Tracht prügel verpassen soll, blos weil die so blöd sin und nich mal wissen dass man sich auf schuster Pech nich drauf setzen darf. Papa hat gesacht mittem näxten Schif wo vorbei kommt, schickt er mich wieder heim, alles blos weil ich dem Stuhart helfen wollte wo er den wasser Tank gefüllt hat, an dem abend wo die hier die party hatten. Ich glaub ich hab das aus der billgen Pumpe genommen stadt das aus dem frisch Wasser tank, aber die Läute hätten das ja nicht saufen brauchen wo sie vom Tanzen erhitzt waren, wenn sies gelassen hätten, hättense nich kotzen müssen vom billigen Wasser[3].

Papa hat die frau gefracht wo mit dem Cäppten rum knutscht, wie sies hinkriecht das ihr Pudel immer so weis is, & sie hat gesacht zuhause badet se ihn faßt jeden Tag, aber sie

---

[3] Bilgenwasser oder Kieljauche ist das Kondenswasser bei Schiffen. Mit sogenannten Bilgepumpen wird es abgepumpt.

fürchtet dasser an bort ziemlich trekkig wird weils hier keine Möglichkeit gibt zum ihn baden. Wo sie zum essen runter sind, hab ich mir den pudel geschnapt, hab n langes stück Schnur abgemacht, vom schiffs Tau, un habn da dran über Bort geschmissen, und jetz is die frau fast wahnsinnig weil er abgesoffen is. Ich kann nix dafür weil die hätt doch ihrem hund das Schwimmen bei bringen müssen beforse n mitnimmt auf Seh.

Der Kapptän hatn großes Tellerskop durch das Papa durchgeguckt un ein Schiff gesehn hat, un dann haben alle ihre Hopern gucker geholt, aber keiner sonz hat eins gesehn, blos durch das große. Dem Käpten is die Muffe gesaust, er hat gesagt das mus der fliegende Holänder sein wo sehleute manchmal seen, kurz vor der küste von Neu Pfundland, aber ich glaub das war Ehr das Bildchen von dem Schiff wo ich auf das andre Ende vom Telliskop geklebt hab, aber das weiß ja keiner weil ichs heut morgen wieder weg gerubbelt hab.

Papa hat gesacht wenn man die sonne angucken will dann geht das nur durchn rauchglas, & wo ich heute durch den 6 Tanten gucken wollte hats mir in augen W getan, also hab ichn Streich Holz über dem Glas an gemacht, & jetz hat der 1ste Geläutnant n rochus auf mich weiler die sonne verloren hat, seine ganze berechnungen gehn nich Meer auf, warum hatter auch nich besser auffe Sonne auf gepaßt?

Wo die Passer schiere unten beim abend essen waren, heute, hab ich Mamas schwarzes kleid geholt, das wo sie sich am tach vorher ins Pech gesetzt hat, un hab das da hoch gehißt wo die englische Flacke war. Dann issn ammrikanisches Kriegsschif vorbeigekomm & hat mit ner Knarre auf uns geschossen, & n boot voll mit margarine kam an & wollte das wir uns ergeben. Der käpten hat den Fuzzi mit die messing Knöpfe gefracht ob England Ammerika den krieg erklärt hat wegen Don Van Rossa

un den Irren[4]. Der Fuzzi hat gesagt wir sin doch verdammte pira-
ten un er soll mal gefällix die schwarze flacke abmachen. Da hat
der Käpten hoch geguckt & Mamas kleid gesehn & hat sich zu
mir gedreht & gesacht: „Jetz reichts, un dasser mirn Protzess machen will mit seine geschwürene." Sie ham mich eingesperrt &
morgen Früh wird mir der Protzes gemacht, aber du kanns Gift
drauf nehmen daß die geschwüre zu keinem urteil kommen weil
ich habs so hin gekriegt dass das wie ne richtige Star Route
Kommisteon aussieht[5].

---

[4] O'Donovan Rossa und die Iren: Jeremiah O'Donovan Rossa (1831-1915)
war ein Führer der irischen Fenier-Bewegung, die sich für die Unabhängig-
keit Irlands von England einsetzte. Irland war ja damals noch englische Ko-
lonie, und seit der großen irischen Hungersnot 1847-50, in deren Verlauf
eine Million Iren verhungert und eine weitere Million Iren ausgewandert
war, waren die Bemühungen der irischen Rebellen immer zahlreicher und
verschärfter geworden. New York wurde zu einer Hauptbastion der „Fen-
ians", weil sich dort sehr viele emigrierte Iren angesiedelt hatten. O'Donovan Rossa hatte bereits früh in Irland irische Aufstände organisiert und war
dafür ins Gefängnis gekommen. 1870 wurde er amnestiert, ging ins amerikanische Exil, siedelte sich in New York an und organisierte von dort aus
die ersten Wellen von Bombenanschlägen der Fenier auf Ziele in England.
Diese Welle erschütterte England – und auch Amerika – die ganzen 1880er
Jahre hindurch. Die Vermutung des Kapitäns der „Servia", ob England
Amerika deswegen den Krieg erklärt habe, ist also gar nicht mal so abwe-
gig, ist doch das Hauptnest der irischen Rebellen auf amerikanischem Ter-
rain. Es wird in diesem Buch noch mal darum gehen.
[5] Star Route war die amerikanische Postgesellschaft, und Ende der 1870er /
Anfang der 1880er Jahre gab es den Star-Route-Skandal, bei dem es um
Bestechung, Korruption, Betrug und Intrigen bei der Post ging. Das System
war aber so fest, daß es vor Gericht zu wenig Überführungen kam und daß
sich auch der nationale Aufschrei in Grenzen hielt. Viele angesehene Red-
ner traten als eloquente Verteidiger der Angeklagten auf, so z.B. auch Ro-
bert „Bob" Ingersoll, dem wir bereits in A BAD BOY'S DIARY begegnet
sind. Man kam also hier zu keinem eindeutigen Urteil, weil die Angeklagten

Ich finds wirklich gemein dass man son liebes kleines kind
wie mich einsperrt, in nem Prunkzimmer, un ihm nix gibt wie
Brot & wasser; aber ich glaub die wissen das gar nich von dem
Pudding & dem Kuchen wo mir die ganz junge bringt. Ich
schreib dir im näxten Brief wie die Verharndelung ausgegang ist.
– Dein in Schwirikeiten steckender

Georgie.

starke Fürsprecher hatten, die sie rausrissen, und genau darauf spielt Georgie an – auch er hat schließlich seine Fürsprecher…

Brief Nr. 5

Dampfer Servia,
am Hafen von Liverpuhl

Freund Jim –

ich hab ja tagebuch geführt, die ganze zeit, bisse mich eingesperrt ham, vor der Verhandlung, un dann hamse mich nich
mehr ran gelassen, also hab ichs auf gegeben.

Das gericht is zusammgekomm, & der Käpten wurde zum
Richter ernand. Die ganz junge hat die Zäugen angehört un sich
wansinnig auf meine seite gestellt, aber die frau wo den pudel
mit der Knollen nase hatte, wo abgesoffen is war der Staats N
Wald, & die hat dem gerich gesacht dassich n ganz übler Rotzbengel bin wo man an den Daumen aufhängen[6] un ihm 40 Peit-
schenhiebe verpassen mus. Der Richter hat zu den geschwüren
gesagt dasse mich Schuldig sprechen sollen, und dann hatter gesacht dass ich zur Strafe „dem schütze seine tochter" küssen mus.
Meine verteigerin hat gesacht die ganze Erwaxne sollen sich aber
ganz gründlich was schämen, dasse so hart sin zu nem lieben
kleinen Kind wie mir wo doch keiner fliege wat zur Leide tut.

Wo die geschwüre zurückekomm sin hamse bekannt gegeben dasses keine einikeit gibt, weil die zwei frauen wo ich kein

---

[6] An den Daumen aufgehängt zu werden ist eine hübsche Folter, die zu dieser Zeit anscheinend sehr populär war. In den KZs der Nazis wurde das 60
Jahre später wiederaufgenommen. Die Verhandlung gegen Georgie hier ist
mitnichten ein Witz, auch die Frau Staatsanwalt meint ihren Strafvorschlag
nicht als Witz. Es ist der blanke Ernst, und man spürt hier, wie die schwarze
Pädagogik funktioniert. Dies wird im folgenden noch deutlicher.

23

Schusterpech auf die sitze gemacht hab & wo Papa zähmen wollen, stimmen dem uhr teil schuldig nich zu. Schade, ich hätt gern dem Schütze seine tochter geküßt, aber die Junge hat gesagt das heist dasse einem die hosen runter ziehn & aufne kannone schnallen & dann krisse ne tracht Prügel vom Bottsmann[7].

Ich hab überhaupt keine möchlichkeit Meer gehabt zum nochn bißchen kwatsch machen, weil die mich nich mehr ausn augen gelassen ham bis wir hier angekommen sin.

Der Artz hat uns in Karrentähne gesteckt weil er gesacht hat hier stinkts nach Blattern. Das Schiff & die paar saschiere müssen alle dessen fetziert werden bevor se von Bort dürfen. Es stinkt eckelhaft in dem kabuf wo das gepäck verstaut is, & man bringt jetz alle Koffer an Deck, also geh ich da ma hoch & guck wat los is.

Prinz, mein armer alter hund, is Tod, & nix is meer von ihm übrich wie würmer & knochen. Wer hätt gedacht dass er stirpt, wo ich ihm doch so viel zum Fressen gegeben hab, bevor ichn in mein Koffer rein getan hab wo wir daheim los sin. Die paar Saschiere sin froh dasses bloß Prinz war wo so gestunken hat, & der Dockter kann uns jetz an Land lassen.

---

[7] Und das war eine anscheinend recht gebräuchliche Strafe für meuternde Schiffsjungen: „to kiss the gunner's daughter". Auf http://www.corpun. com/kiss1.htm findet man sogar eine Zeichnung dieser sadistischen und grausamen Strafe. Der Schuldiggesprochene wird in nach vorn gebeugter Haltung auf ein Gewehr oder eine Kanone gelegt, seine Hände werden unterhalb der Kanone gefesselt, so daß es aussieht, als „umarme" er die Waffe – daher der Name. Dann wird er, oft im Beisein der ganzen Besatzung, mit der sogenannten „cat", der Peitsche – die der Schuldiggesprochene oft noch selbst anfertigen mußte – verdroschen. Es handelt sich hier also mitnichten um eine augenzwinkernde Gerichtsparodie, sondern Georgie entkommt einer wirklich grausamen Folter.

Der Kaptän hat gesagt er verklagt Papa auf 10.000 Dollar Schaden R Satz, er sacht wegen der verdammte schandtaten von dem kleinen arschloch hat das Schief drei tage verloren.

Wo die Tüppen vom Zoll anbord gekomm sind zum das Gepäck unter suchen, hab ich vor einem von den auf Papa gezeigt un gesagt:

„Sehnse den Mann da mittie dicke rote Nase?"

„Der alte Saufkopf, ha", sacht der.

„Also", sach ich, „der Mann will hier n haufen havana Zigarren reinschmuckeln, den solltense im auge behalten."

Dann bin ich zu nem andern Tüp un hab dem das Pudel weib gezeicht & ihm gesagt die schmuckelt mehr wie hundert amrikanische Uhren rein, weil ichse gesehn hab & ich hab auch gehört wie der Käptn gesacht hat dasse ins Queens Hotel soll, & wenn die Zollfritzen weg sin, dann bringt er die uhren da hin. Da ham die zollfritzen sie & den käptn verhaftet, un Papa wolltense sich auch greifen aber ich hab ihn gesagt das is der Falsche, der andre is schon von Bort gegang. Ich nem an das knollen nasige Pudelweib & der Käppten komm nicht so einfach wieder ausm Knast raus. Möge ihnen das eine Leere sein, auf dass sie näxtes mal nich mehr n braves kleines kind wie mich verklagen und dazu verdonnern dasse dem schütze seine tochter küssen mus. – Obenauf, Dein

Georgie.

Brief Nr. 6

Prinzessinnen Hotel, London

Sähr geährter Lohrd James –

wo wir an Land waren, wo wir von der *Servia* runter sin, sin wir gleich zum Bahnhof weil wir noch den Nachtxpress nach London kriegen wollten. Die hamm hier kein lecktrisches licht, wie bei uns im Onion Deppoh in Cleveland[8], & s war ecklig dunkel & verraucht.

Ich hab rumgeguckt & ne grose Lockmotiefe geseen wo grade an gekommen is, & mir ist plötzlich gans zufällig eingefallen dass ich die Knallerbsen wo wir auf dem Gleis gefunden ham, an dem tag wo wir nach Newburgh sin, immer noch inner tasche hatte, also habbichse auf die schienen gelegt, & da hättste dich weggeschmissen wennste gesehn hätts wie der Lockmertief Führer un der heizer abgesprung sin wo se die Xplosjohn gehört ham. Die leute sind davon gerannt wie vom wilden Affen gebissen, & die lokmotiefe is in ne reie pasaschier wagons reingerast & hat nix übrig gelassen wien haufen späne. Wo die Bullenzei alles auf geklärt hat, war keine gefar mehr, die sin einfach angekomm un ham jeden verhaftet wo aussah wien Ire, un ham gesagt das war wieder son anschlag von den Finiern zum England innie luft jagen[9]. Aber ich denk, wenn wir rüberfahren nach Pariss, dann schreib ich denen und sag auch, dasse sich doch echt schä-

---

[8] der Union Depot war der historische Bahnhof von Cleveland.

[9] „glory-o, glory-o, to the bold Fenian men...“ – siehe oben. Wir wissen nun, daß mindestens ein Anschlag auf das Konto eines gewissen George H. aus USA ging – aber pst! nix verraten! ☺

men sollen dasse Schiss kriegen vor nichts weiter wien par knall-erbsen. Papa is so weis geworn wien betlaken un is davon ge-wetzt & hat Mama & mich sten lassen, & wo er wieder zurück gekomm is hatter gesacht die Engländer sollen doch die ganze verdammte Iren auf s land deppertieren.

Wir ham noch zwei stunden warten müssen bis nanderer Zug soweit war, un wo wir dann los sind wars kuhdunkel.

Nach ner weile habbich hunger gekriegt, also hab ich biß-chen was von Papas Limburger Käse genommen plus paar kekse. Papa hat gesagt Limburger muß man rößten, also hab ich mein über die lampe drüber gehalten, un ich glaub, bißchen was is dann drauf getroppft, weil, kurz drauf war da der schlimpste ge-stank wo du je gerochen hast, & jeder auser mir is davon auf ge-wacht. Alle sin im Waggon rum gewetzt aber n Iltiss oder sonst was hamse nich gefunden, un dann hamse den scharfner gerufen damit der uns n andren wagon zu weißt; weil langsam waren alle kurz vorm R Sticken. Es war dann fast schon morgen wo wir en-dlich in London angekommen sind, un wir sind hier her gefahren, & Mama & Papa sin ins bet, und ich schreib dir.

Dein Freund in London
Georgie.

Brief Nr. 7

London, Eng.

Lieber freund –

gestern wahr sonntach, & Mama un Papa sin nich zum Frühstück runter, also bin ich ausm hotell raus & mit der Menge mit geschwemmt, bis ich zu ner riesigen kirche gekomm bin, ich glaub die heist Tabernackel. Da warn unheimlich viele leute, also hab ich meine L Bogen gebraucht biss ich ganz vorne war, die vordern sitze waren alle belegt, also bin ich gestanden. Dann hamse alle wunderschön los gesungen, un dann is der faffe hoch in die kanzel zum bredigen. Er hat über die Hölle geredet, un wo er sich warmgeschwätzt hat, isser die treppe vonner Kanzel runtergestiegen, hat sich Ritt links aufs Geländer gesetzt, hat sichn stück Hoch gezogen, un kaum war er n bißchen weiter, isser wieder runtergerutscht, richtig mit plumps, & hat dann der gemeinde verkündert wie leicht man inne Hölle kommt und wie schwer in Himmel. Beim letzten Mahl isser aufm Geländer bis fast ganz hoch gekommen, & dann hatter sich umgedreht & gesacht: „Meine liebe gemeinde, manch mahl denken wir, wir haben schon die oberste sproße von der Leiter erreicht, und dann machen wir einen falschen schritt & stürzen wider zurück –" (& dann isser ziemlich schnell wieder runter gerutscht, & ich glaub er is in die ab gebogene Stecknadel rein geplumst wo ich da unten hin gelegt hab, weil er hat so laut „zur Hölle!" gebrüllt, daß wascheinlich alle gedacht ham der fluchtet). Ich find pfarrer sollen nich fluchen, auch wenn se sich manchmal voll in abgebogene Steck Nadeln rein setzen.

28

Heut morgen sinn wir zur Westminzer abbey, & da ham wir uns die gräber angeguckt, von die ganze englische Könnige un Königinnen, wo tot sin. Die ham fast von allen ne Staatuhe da, in rein Glied stehn die da, damit man weis welcher welcher is. Papa sacht er kappiert nich warum die hier son Fez da drum machen, die sin doch e tod, un die meisten warn auch schon zu Lebzeiten zu nix nütze. Ich finds blöd, das ewige Gräber gucken, da wirds mir ganz feierlich zumut, & dann macht mir alles kein spas Meer.

Wir ham innem Reste Rang gespeist, &, am Nachtmittag, sin wir ins Ballermenz gebäude. Papa sacht das is ja n witz verklichen mit dem Kappitol bei uns in Washinton. Das House of Lords hatte grad sitzung, also ham wir uns auf die Empohre für besucher gesetzt. Da warn über hundert alte männer wo im parkett auf stühle gehockt sin. Alle hatten se weite schwarze bademäntel an & lange weiße haare. Mama sacht die bademäntel sin so geschnitten wie ihre Dollmahne vom letzten Jahr[10]. Reden tun die alle wie Horsecar Wild, wo in Cleveland vorträge gehalten hat[11]. Papa sacht die repressetieren den Adel & die Blütezeit der alten englischen Krawallerie, er sacht das sin die tapferste Männer auf der ganzen welt.

Da war ne Dame mit nem grosen fetten Köter, wo neben mir gesessen is, un wo sie gelauscht hat wie einer von die Lords vonne irische aus schreitungen geredet hat, hab ich dem das Bündel Jackson Böller an Schwanz gebunden & ein an gezündet, & wo der erste los gegang is, da hättste dich beölen könn wie der

---

[10] Ein Dolman war ursprünglich eine Uniformjacke für Herren, wurde aber auch in der Damenmode populär: als capeartiger Mantel mit Fledermausärmeln.

[11] Oscar Wilde (1854 – 1900) hatte 1882 eine Vortragstour durch die USA gemacht und dort das Dandytum eingeführt.

Köter über das gelender gejuckt is, mitten in die ganzen Lords rein, & die ganze Böller sin 1 nachm andern ab gegang. Ich glaub da hat jemand Papa n beeren aufgebunden, wo er ihm verzapft hat die lords sin tapfer, weil die sin rumgesprungen un ham so gegrölt, man hätt mein könn die sin aus der Klapse, & gejodelt hamse die Fenier jagen sie jetzt in die Luft mit Dünner mit, un das alles blos weiln fetter köter 4ter Juli gespielt & mit seinem Schwanz n feuer Werk gemacht hat.

Ganz ausgelassen, Dein
Georgie.

Brief Nr. 8

Lieber Jimmy –

heut ham wir uns St. Pauls Kattetrale reingezogen, Papa sacht das is die 3. größte Kirche auf der welt. Von ausen isse wie jede andre kirche auch, blos hatse ne große runde Veranda aufm dach, das nennen die kuppel, ganz mit gold bedeckt, so dass man das geklitzer schon aus zwanzig killer meter Endfährnung sieht. Das innere besteht aus vier oder fünf kleine Kirchen, & n haufen ölbilder sin da an die wände aufgereitet. & überral kleine nischen & winkel, da könn die rein gehn wo privat beten wollen. Mama is müde geworn, also hatse sich in so ne art Kirchen bank gesetzt, un Papa is rumgeloffen un hat sich die Bilder an geguckt. Ich glaub Papa hat sich dann anne kleine englische Tussi rangewanzt, weil ich die zwei zusammen in ner niesche gesehn hab, also hab ich zu Mama gesagt, sie soll mit mir hoch auf die höchste Gallerie von der Kuppel, & wo wir da runter geguckt haben, ham wir gehört wie jemann geflüstert hat:

„Druck mi doch ned so fest", un dann war da son schmatziges Gereusch wie das wo die schauspillerinnen immer machen, im Tehater, wennse n Fuzzi küssen. Dann ne stimme, wo geklungen hat wie die von Papa, wo gesacht hat:

„Meine alte macht Pause, da hinten irntwo, gehn wir doch raus, Süße, und zischen uns zusamm n weinchen rein."

Ich hab gesehn wie Mama ganz nervös geworn is, weil se sich immer umgeguckt hat wie wennse jemand erwartet hat, & wo nieman aufgetaucht is, hatse gesagt:

„Georgie! War das nich die Stimme von deinem vater?"

„Na un ob", hab ich gesagt. Dann hab ich ihr gesacht was mir der Mann erklärt hat, daß das wo wir sind, Flüstergallerie heißt, weil man da oben jedes Wort hören kann was jemand unten inner kirche sagt. Genau in dem moment gab s nochn lauteren Schmatz, & Papas Stimme wo sacht: „Schatz, komm gehn wir, bevor meine alte aufwacht un uns erwischt."

Da kannze dir vorstellen, daß Mama keine wurzeln geschlagen hat, sondern die wendel Treppe runter is.

Wo wir an der kirchentür angekomm sin, ham wir Papa & die Tussi gesehn, wie sie grad über die strasse un inne weinstube rein sin, also ham sich Mama un ich denen anne Versen geheftet, als Nach Hut, un sin hinter her. Wo wir drin waren, ham wir die Tusi auf Papas Knie sitzen sehn, sie ham keinerlei Lunte gerochen bis Mama direckt hinter ihn gestanden is, dann hat die Tussie sie gesehn & is ab wieder Blitz, un Mama hat ihren Platz auf Papas Knie eingenomm, bevor Papa was gerafft hat, & hat gesagt er is doch ihr süßer alter gemal, & ihn gefragt ob er ihr nich 25 Pfund gibt damit se sich n kleit kaufen kann für den Emfang bei Hofe.

Papa is jetzt zimblich gut gelaunt, & ich glaub er is jetzt geheilt vom Anbandeln mit fremde weiber, weil seine dimantene Krawatten Nadel is weg.

Fremde weiber sin wie fremde hunde, man darf nich zu nah an se ran, weil se meistens beißen.

Georgie.

Brief Nr. 9

London

Lieber Jim –

heute sin wir mitter untergrund Bahn zum Heidenpark gefahren. Man muss in den keller vom Banhohf runter, erst da sin
die wägen. Wenn man da reingeht, kommts einem fast vor man
geht innen Berk werg rein. Es war furchbahr dunkel & ohne licht,
weil wahrscheinlich wars das junge verheierratete Pärchen wo
die lampe ausgemacht hat. Wo wir schon ne weile gefahren sin,
hab ich ganz plötzlich n streich Holz angemacht, & da war das
pärchen, einer auf dem andern sein schos, der Man am Fenster
hat grad seine hosen gewexelt, Papa hat ne alte Jungver auf dem
sitz neben sich abgeknutscht, wo er vermutlig mit Mama verwe-
xelt hat, un das fette weib hat ihr Bebi gefüttert. Ich glaub ich
hätt sagen sollen, daß ich Licht mach, damitse noch Zeit gehabt
hätten zum sich wieder anziehn, dann wärnse nich so rot geworn.

Der heidenpark is wie unserer, bloß gröser, un da gips n
weg wo die Verrottete Reihe heist, wo die ganze hohe Tiere hoch
zu Ros oder hoch zu kutsche rumflannieren. Ich habn alten mann
gefragt wo neben uns gesessen is warum das verrottete reie heißt,
weil ich nix verfaultes gesehn hab. Er hat gesacht hier kommt der
ganze hoch un Land Adel von England her zum sein Gammel
auslüften, & wo ich ihn gefracht hab ob die ganze leute wo hier
reiten, vergammelt sin hat er gesacht: „Jawoll, bis ins Mark." Ich
glaub, waschheinlich ham die sich alle mit oh dekolonje einge-

spritzt zums verdecken, weil ich hab überhaupt nix gammliges gerochen[12].

Wo wir mit dem heidenpark durch waren, sinn wir rüber zum Zoloogischen garten. Fantastisch! Da gips vielleich n haufen so löwen, Tieger un große dicke weiße eis Beeren. Karaffen, mit Hälse, Sex Meter lang, wo sich über den Zaun drüber beugen & die vögel von den Weibern ihre hüte klauen. Die ham da auchn riesigen Gorrilla, wo aussieht wie das Bild von Ben Butler, dem Kuhvernör von Mastschusitz, in der neusten ausgabe vom Sasparella[13]. Barnums[14] Menscherie is n klax gegen den Zoo, mit seine L Fanten, wo ich drauf reiten durfte, für blos 6 pence. Die affen warn das beste von allem, es war wansinnich witzig wie die rum getollt sin, & rum gesprungen, & wiese gerauft ham wo ich ihn paar nüsse reingeschmissen hab. Da war ne Äffin, der waren Nüsse ascheind wurscht, die hat ausgesehn wie ne ab Geordnete für frauen Rechte & für ein kleidungsreform Abkommen, wo gewählt wurde zum Hosen Tragen, blos hatse keine. Mir tun immer die arme bedürvtige frauen Leit, also habbich in Papas seidnes taschentuch rein geschneuzt wo ich mir ausgeborgt hat, & irntwie hab ich das na genug an den Käfig ran gehalten so dasses die äffin sich gekitscht hat, & dann hatse sich das um die

---

[12] Rotten Row im Hyde Park war früher die Flaniermeile der High Society Londons.

[13] Benjamin F. Butler, Gouvereur von Massachusetts, war ein radikaler Republikaner mit einer äußerst unhübschen Physiognomie, mit Wampe, Tränensäcken, Halbglatze und beleidigtem Schnäuzer. Wir sind ihm im DIARY schon einmal begegnet: im Zusammenhang mit Schielaugen. Von Ben Butler gibt es, wegen seiner Schönheit, zahlreiche Karikaturen, etwa in „Harper's Weekly".

[14] Phineas Taylor Barnum war ein amerikanischer Zirkuspionier, Seine Zirkusse und Menagerien waren legendär. Er taucht im DIARY öfters auf und kommt auch hier noch mal vor.

beine rum gebunden & hat die andern affen rumkomandiert, genau wie Frauen das machen wennse die hosen an haben.

Papa sacht Affen sin nich orgenial, weil se ja alles bloß nachäffen. Ich hab gedacht ich nemm mal ne Leckzeon in Naturgeschichte. Ich hab mein Taschen Messer raus gezogen (das wo ich dir den Fliegen Angel Hacken für gegeben hab, aber das tut hier nix zur sache), un hab so getan wie wenn ich mirs hand gelenck aufschlitz. Ich glaub die affen ham dann die Scharfe seite genomm, weil plötzlich war da ne blut Lache im Käfig. Affen sin wie Menschen, sie müssen selber rausfinden dasses sich nich auszahlt wenn man mit gegen Stände mit scharfe kannten spielt.

Dein hoch geleerter Freund
Georgie.

Brief Nr. 10

London, Eng.

Freund Jim –

Papa & ich sin die Temse runter gefahren, in nem Dampf-schif. Ich mag die schife hier nich so wie die bei uns, weil die sin alle schwarz mit rote Schorrensteine, wo jedesmal runter rut-schen wennse zu ner Brücke kommen. Die Brücken hier sin fast alle aus Stein. Das Wasser vonner temse is zäher wie der Sierupp aus dem Laden in Milwaukee, un fast genauso schwarz. Papa sacht aus dem kann man blos noch Bier machen. Wir sin n stück den Flus hoch & dann bei den Kew Gardens aus dem schiff raus.

Wir sinn dann auffer andern seite vonner London Bridge gelandet, also sin wir da mal drüber gelatscht. Es is wie ne Maus un ne katze, wenn man s mitter East River Bridge verkleicht.

Heut waren wir im Winzer Kassel, beim Endfang vonner Kwien. Mama hat sich zu dem Zwäck n Strick kleid gekauft & Papa hat n Brand neun Rock, mit Schöse angehabt, wo raus ge-standen sin, so dasser aus gesehn hat wien Bierfaß auf Steltsen. Ich hab aufn Zettel geschrieben „der Millionähr aus Cleveland, leider un verkeuflich" un hab ihm das auf ein von seine rock-schösse drauf gepinnt. Es waren wansinig viele leute da, un die Kwien is aufm Drohn inner mitte vom Zimmer gehockt. Die Läute sin zur einen tür rein, ham ihr die hand geküsst un sin zur andern tür wieder raus, & n soldart hat immer die nahmen aus gerufen, damit se weiß wer wer is.

Wo Papa & Mama dran waren, sinse auf die knie runter un ham alles so gemacht wie alle andren. Dann bin ich vor ihr Mais-

tät gestanden & hab ihre Hand genomm & se fest gedrückt & gesacht: „Hallo, Frau Victoria!" un sie hat gesacht: „Hallo, kleiner
Mann, wie heist du denn?" Ich hab ihr gesagt dasse alle Georgie
zu mir sagen, & sie hat gesacht: „Georgie; tja das leben is hart.
Da haste bißchen Kies zum dir was zum Schlecken un kau Gum-
mi kaufen." Dann hatse mir ein goldenes Pfund gegeben.

    Ich kann dir sagen, die ganze Lords und Herzöginnen wo
zu geguckt haben, sin fast ausn latschen gekippt weilse sagen ich
hab gegen die ette Kette verstoßen. Glaub mir, die alte Vici is ne
wucht, blos hellt man sie wiene Gefangene weil sie muß n haufen
sachen machen wo se gar keine lust zu hat weils halt so Mode is.
Kwiens sin auch nich das, was man denkt, echt nich, Jim.

Georgie.

Brief Nr. 11

London, Eng.

Lieber Freund Jim –

der kristallpalast draußen in Seidenham is Gans aus glas & sit aus wien riesiges Gewäxhaus. Innendrin siehts ganz orntlich aus. An einer stelle siehts aus wien Wald, un n haufen Innejaner & zulus rennen da frei rum. Ich hab Papa gefracht ob die hierdrin gewaxen sin, & er hat gesacht die ham die englischen Soll Daten im Krieg gefangen, & dasse früher Männer und frauen gefressen ham, in ihrem land.

Da gips n großen Balon wo jeden tach hoch geht, & mann kann da durchgucken wo man das Gas reinfüllt, & dann sit man ne masse kämpfende schweine. Papa & Mama sin stehn geblieben zum der Musick zuhören wo die grose orgel spielt, also bin ich zurück zu die Inejaner, & da habb ich n Kinder Wagen gesehn, & das Kinner Mechen hat grad mitm Soldat getratscht, also hab ich das Bebi raus genomm un das so einem von den Zullus gegeben, weil ich gucken wollte ob der das frißt, aber der hat keine Zeit dazu gehabt, weil das blöde bebi hat los gebrüllt, & der Soldat hats gesehn &s ihm weggenommen. Bebies kappieren einfach nich daß mans Maul halten mus, wenn jemand prüfen will obs die Kannenbahlen fressen.

Papa is wahnsinnig wütend geworn, wo er mir gezeicht hat wie er früher auf nem fliegenden fert geritten is wo er noch jünger war. Ich glaub ich hab Papa dann nich richtich verstanden, wo er zu dem man gesacht hat: „Langsamer du vollideot, ich bin doch kein Blitz ab Leiter!" weil ich hab ihm gesagt Papa will ab

38

wieder Blitz. Wo der sie dann an getrieben hat, sinnie Ferde durch gegang, & Papa is sex Meter weit geflogen, mit Saldo, wie wenner vonnem Esel aus Arkansas n arsch Tritt gekriecht hätt. Er wollte dann nicht mehr aufs feuerwerk warten, weil er hat gesagt, er hat heut schon genug sternchen gesehn.

Abenz war Mama müde, also sin Papa & ich los in Madamm Tussohs Wax Figuren Cabernet. Da isses ganz klasse, die ham da Figuren von fast jedem wo man so aus die bücher kennt, & alle in ihre richtige Klammotten.

Papa is bischen kurz gesichtig, also habbich zu ihm gesacht da is ne hübsche Tussi wo ihm zu zwinkert dasser mal kommen soll, un er hat gesacht:

„Sach nix, Georgie, daß deine mutter noch lebt, dann ammersier ich mich bischen mit der" & is rüber zu der tussi & hat sein hut gelüpft & gesacht:

„Ach gunn Tach, wie gez denn so? Ham wir uns nich scho ma wo getroffen?", & ich hab dann für sie geantwort & gesacht:

„Oh, das is aber schön, daß ich sie hier treffe", & dann hat Papa ihr unheimlich süßes zeuch verzapft & hat ihr den Arm da rum gelegt wo bei frauen übelicher Weiße das Korsett is, & sich mit ihr verabret dasserse um 11 nachhause bringen will, & sie soll ihm zu zwinkern wennse soweit is weil sie will doch bestimp nich dass der andre Fuzzi mitkriecht dasse mit Papa aus geht. Papa wahr dann ganz auf gedreht & hat mich mit runter genomm ins Horror Cabernet, wo die ganze grose Mörder sinn plus die läute wose ermordet ham. Da gibsn alten Mann, eingeschlossen innem Käfig aus eisen, der war im Gefengnis, & die ratten laufen durch das brot aufm tisch & voll über ihn drüber. Da gibs ne Frau mit Kopp ab, & man kann das Blut sehn wo über ihre ganze kleider drüber läuft. Wos 11e war warn alle schon wech & Papa hat dauernd auf seine Ur gekuckt & mich gefracht ob ihm die tussi

39

zu zwinkert, aber die hat kein bischen gezwinckert, & um 12 is dann der Aufsehr anne komm & hat Papa gefragt wozu er denn immer noch da rum steht. Papa hat gesacht er wartet dass seine Frau da drüben soweit is, & wo er auf sie gezeicht hat, hat der Aufsehr gelacht & gesacht: „Sie sinn doch en selde versecklete Grasdackel sie, des isch doch blos die figur von Frau Scott Siddons[15]."

Ich glaub Papa hat schon geant das ich dar hintersteck, aber er hat nix gesacht, weil er angs gehabt hat dassich Mama sag dass er zu mir gesacht hat dass ich sagen soll das ich keine mutter mehr hab.

Überhaup, Papa is alt genug dasser weiß „nich alles was glänzt is gold, oder nich alles wasn Bettenkott anhat is ne Frau."

Herzlich, Dein
Georgie.

---

[15] Mary Frances Scott Siddons war eine Schauspielerin. Ganz hübsch, doch…

Brief Nr. 12

London, Eng.

Lieber Jim –

Papa is ja in Cleveland zimblich berühmt als Kunzgritiker, & weil da so viele Cook Torristen in unserem Hotel rumkrauchen[16], sin wir alle rüber in die könickliche Kackademie & ham uns die bilder an geguckt wo da grad ausgestellt sin. Papa war in seim L Ment, hat denen erzählt dass dieses bild n echtes juwehl & jenes umwerfend is. Ich hab ihm zu geflüstert da issn Mickel an Cello, drüben im Eck, & dann sinse alle da rüber gewalzt, & Papa hat denen erklärt das is eins von die alte Künzeler & über 600 Jahre alt & immer noch so gut R halten. Er hat gesacht er würde 20.000 $ bieten, aber nich mal für 10 Mahl so viel kann Mann das kaufen. Das bild war schon stark, es war n zigelbau mit 4 zeitungs Jungs davor wo rumhüpfen & aufn plackat gucken wo draufsteht „P. T. Barnum kommt, die größte Show der welt, Jersey City, 12. Juni." Eine frau hat das Plackat gesehn un wollte wissen ob Michel an Cello wirklich das Jersey City meint wo dochn ammrikanischen Konsul hat, & ob Barnum so alt is wie Jumbo.

---

[16] Thomas Cook (1808 – 1892) ist der Erfinder des Pauschaltourismus. Er begann mit organisierten Reisen durch England, dann durch Europa, dann nach Amerika. 1872 fand die erste Cook-Weltreise statt. Pauschalbuchung, Hotelgutscheine, Reiseschecks, vollgepackte Reisebusse, Spießer mit Kamera vorm Bauch – da sieht man mal, wie lange der arme Globus das schon aushalten muß…

Ich glaub Papas ruf als Kunz kriticker is jetz ruhiniert, weil ich hab gehört wie einer von der meute gesacht hat er isn verdammter alter lügner aber das liecht inner Fammilje.

Wir ham uns das brittische Musseeum angeguckt & den Tower von London, mit seine rindfleisch fressende Wärter, wo man mit rind fleisch füttert damit se genug blaues blut intus haben zums mit den Krohn Juwehlen aufnehmen.

Ich bereite jetzt mal den mantel des schweigens über den Tower, weil wenn ich sag was ich da gesehn hab, dann kränkt das vielleich par von den Nachtfaren von die leute früher, weil die da drin zimlich viel gemordet ham.

Heutabend gehn wir weg aus england, deshalb sag ich dir was ich von den Engländern halt, weil sonz vergess ich das noch.

In England gibbts ungefährn Duzzend Menschenklassen, die oberste davon is der echte adel, der is erst klassig & is un heimlich verschwenderisch & nem bettelmädchen würd der genauso schnell über ne verschlammte strase helfen wie ner Erbin.

Dann kommen die Fatzken mit Monockel un sone Klamotten wie der Schnallerich anhat wo vorm Weddel House rum steht[17]. Die ham noch keine nummer, aber warscheinlich sinse zweite klasse.

Dann kommen die Tüppen von den die väter mit holz Kohle machen Reich geworn sinn. Die platzen bald aus ihre Buxen vor ein Bildung aber für die eitlen Oberfatzken un für die adligen sinse zu gering, weilse auf alle wo unter ihnen sin runter kucken & den Boden ab schlecken wo die drauf wandeln wo über ihnen sin. Die sin die Lumpen Arschtokratie. Dann kommen die hand werker. Dann die kaufläute wo hier Meister heissen. Die schin-

---

[17] das Weddell House, eröffnet 1847, war ein nobles Hotel in Cleveland. Man kann sich denken, was für ein Schnallerich da rumsteht.

den immer die armen arbeiter frauen kaput & lechzen nach ner möchlichkeit zum Äffchen für die adligen spielen, damitse Plackate aufhäng können wo drauf steht „unter der Regenschirm Herr Schafft von ihre könickliche Hohlheit dem prinz un der prinzessin von Wels". Dann kommen die arbeiter, die sinn ganz okeh blos quatschen die ständich vom brittischen Löwe, grad als ob George washinton dem nich schon längst die mähne gestutzt hätt.

Die Iren sin die wo alle in England drauf runter kucken, aber du kanns gifft drauf nehm daß die blos drauf warten dasse rüber kommen nach Ammerika zum Preisboxer wern[18], oder sich zum Alderman wählen lassen, oder zum scheff vom stättischen Bau Amt in Brooklyn, damitse den Fuß innie tür kriegen un mülljonehr werden, damitse dann Spenden sammeln können für dünner Mit zum England innie Luft jagen.

Auf ewich dein freund
Georgie.

---

[18] James „Yankee" Sullivan (1811-1856) war ein Preisboxer, der aus Irland kam. In den 1840er Jahren kam er nach New York. Von 1851 – 53 war er Champion.

Brief Nr. 13

Mo scher ami Jimmy –

wir sin aufn Dampfer rauf wo uns übern englischen Kanal rüber nach Lhafer gebracht hat. Der wind war genau Vor uns, un die wellen ham geklungen wie wennse „so fern & doch so na"[19] spielen. Blos wo das Schiff sich dann eingependelt hat hats das Wasser innie andere richtung gedrückt, & da hat man sich dann gefüllt wie wenn einem das Essen ers inner kehle steckt un dann innie stiebel rutscht. Ich glaub den paar Saschieren hat das gefallen, weil fast alle hamse gesacht „Oh!" un dann „Schuh-he!", jen falls klang das so. Wahrscheinlich soll das heißen: achtung genosse, nimm deine flosse weg, sons kotz ich dir noch druff[20].

Papa hat sich gegen seine gallen heißerkeit ne pulle Brandy & soda rinjepfiffen bevor wir los sin, & er hat ausgeseen wie wenns ihm völlig wurscht wär ob der Dampfer nu kieloben oder Kiel unten schwimmt.

Da war n mächen an Bort wo so groß war wie ich, wo furchbahr geweint hat. Ich habse gefragt wat los is, & sie hat gesagt sie heisst Seeleste & sie isn weißen Kind weil ihr Papa & ihre Mama tot sin & ihre Guwernante bringt sie jetzt rüber aufn französsischen Friedhof ins Internat. Sie hat gesacht das is doch

---

[19] ein Liedchen ist das, aber natürlich andersrum: „So near and yet so far".
[20] vermutlich heißt es „aux souhaits", also „Gesundheit!"

echt gemein, weil wo ihre Mama noch gelebt hat war sie auch immer da Heim.

Sie hat un heimlich hübsch aus gesehn, & wo ich ihr den Arm umme teilie gelegt hab, hab ich se einfach küssen müssen. Dann hab ich gemerkt wie mirs herz im Hals klopft, & da hab ich gewußt dassich verlieb bin. Ich war dann auch nich schüchtern & hab ihr das gleich gesacht un habse gefracht obse mit mir abhauen will & dann heierraten wir. Sie hat gesacht warum nich, sie hatte bloß angs dasse aufm intern Nat bleiben muß bisse voll Jährig is. Wir sin am Heck vom schiff gesessen, un ich habn ruder boot daneben hertreiben sehn, also bin ich kurz runter & hab Papas Fress beutel geholt, & wo keiner geguckt hat sin wir in das Ruderbot gehuppt & ich hab das Seil durch geschnitten. Der Dampfer is davon geschossen, & ich & Seeleste sin allein im Chance der tiefen blauen Seh zurück geblieben, ohne ruder oder sonzwas. Ich hab bißchen schiss gehabt, bis Seeleste angefang hat mit weinen, da hab ich gedach ich mus jetz n man sein & hab ihr gesagt die wern uns schon heil und ganz finden, oder wir treiben an ne einsammen insel hin & leben dann da wie Robson Cruso. Dann ham wir was aus dem Fress beutel gegessen & ham uns hingeleckt & sin eingeschlafen & ham uns geküßt.

Wo wir auf gewacht sin wars morgen Grauen, & n riesiges Schiff war fast neben unserm ruderbot. Wo die uns gesehen haben hamse n Bot runtergelassen un uns an bort geholt. S war n französisches kriegs Schiff aufm weg nach Scherburg; ich hab dem Kappitän erzählt dass wir abhauen & heierrathen wollen weilse Seeleste sonst aufs internat schicken. Die Mattrosen & Offziere ham n wahnsinnigen fez um uns gemacht, aber wo wir in Schebourg angekommen sin hat der amrikanische Konsul n Mann hergeschickt zum uns nach Pariß holen, weil Papa un Seleestes guffernante ham schon im ganzen lant rum tellikrafiert

45

zum uns suchen. Wo wir in Pariss angekomm sin hat uns der Man ins Grond Hotel gebracht wo Mama & Papa ab gestiegen sin. Ich hab schon gedacht jetz gips wieder Dresche, aber die waren alle fiel zu glücklich weil ihr liebes braves Kind wieder lebend zurück wahr.

Wir ham nich geheirat, aber der Derecktor vom Internath in Coloney hat jetz eine Stippendiätin weniger, weil Seelestes Guwernante sucht ihr ne haus Leererin daheim, & wennse dann genug Bildung hat, dann heiraten wir, wennich nich voher noch ne frau find wo ich lieber mag. Ich habn Bild von ihr & bewar das in meiner Pistolen Tasche auf, weil sie das auch so macht mit dem wo ich ihr von mir gegeben hab.

Dein verliebter
Georgie.

Brief Nr. 14

Scher Jim –

das Grond Hotel is wahnsinnich fornehm, da gibs frühstück um 11e & Mittag Essen bis um 6e, & das heist hier dann Table Dort. Das mus man extra sagen das das an dem Tisch dort is, weil da kriegste dann so zehn genge. Bevor man sich hin setzt kriegt man vom Garsong ein Glas Wehrmut, so das man ne Basis hat für daß was noch druff kommt. Dann kommt die Suppe de Bullen, & Sherry Wein dazu wo man trinken mus bevor man „Lachs Buden" oder „Pisson aweg Soße" mit Shablee Wein kriegt, wo man trinken muss zum sich die gräten aus der kehle spülen. Wenn man das Runter hat, muß man „rottierende Entchen" oder „Pulle allah Kamel" essen & trinkt dazu n halben humpen „Wander Surturn". Dann kommt das „Beouff nach der Mode" un das „Mutton aweck le pitz", mit ner ganzen flasche clarrer Wein dazu. Die Puddings & blätterteig sachen mit lange nahmen, un Konnjack Brandie mus man beweltigen, bevor das Eis, was der Garsong hier Glas nennt, serviert wird, & laut der Ette Kette trinkt man dazu par Gläser Schampannjer, damit das eis den Magen ab kühlt. Dann kommt der Kaffe Olé un die Zigarren, un wen man denkt das wars jetzt, bringt der Garssong noch n Glas Lickhöher, wo bei denen hier Kur-a-Sau und „Marys Kino" heißt. Der Leerer von meiner sonntags Schule hat mir früher immer gesacht ich soll nie so viel essen daß ich fast platz, ich glaub deshalb heißt das hier Table Dort, weil Dort is das erlaupt. [21]

Papa sacht das Geld wo er ausgegeben hat damit ich franzüsisch lern, is zum fenster raus geschmissen. Ich glaub Papa is wütend weil ich ihn sich nich selber zum affen hab machen lassen. Er hat sich geschämt dasser selber nich Polly Frohsee kann, also hatter mich das Essen für ihn bestellen lassen. Ich habs geschaft dasser sex gänge lang „Pomm de Teer Sauflé", „Karroh allah Parissen" un n haufen anderes gemüse gekriecht hat. Dann is Papa wütend geworn un hat wissen wollen ob die hier glauben dass er n Wecken Tarier is, & der Garssong hat gesacht „wie wie". Du kanns gif drauf nehmen daß Papa bischen was von dem wein da versteckt hat wos keiner mehr findet.

Nachem essen sin wir in den Scharden Mabill wo die ja alle von reden. Mein Gott! das is vileich geneal! Man denkt man latscht jetz par Killermeter hier rum; aber das sieht blos so aus wegen die Spiegel wo anne mauern sin. Überral sin Bäume & Blumen & inner mitte issne cinnesische Pagode, mit nem Tanz Boden drumrum, un nem haufen amrikanische Bars wo man Minz Julips und Brandie Smashins kriegt[22]. In der pagode drin is ne blas Kappelle mit mehr wie hundert leute. Wenn die Musick losgeht, suchen sich die männer, alle mit Mellohne, ihre Partnerinnen aus & stellen sich zwei&zwei auf für die Kwadrille, & wenn die Kappelle immer schneller spielt dann wirds lustig. Die Frauen kicken dann den männern die Hüte vom kopp, & die ganze zur schauer kriegen dann den letzten Schrei inner spitzen & stickereien & seidene strumpf mode zu Gesich.

---

[21] „Table Dort" ist der „table d'hôte", und die Speisen und Getränke, die Georgie hier schlemmt, finden Sie mitn bißchen Phantasie in jedem „menü Frohseh".

[22] Mint Julep und Brandy Smasher: Alkoholcocktails

Der amrikanische Mettodisten Faffe, wo auch bei uns im Hotel loschiert, hat sich die Hände vor die augen gehalten & zu Papa gesacht die frauen von Pariß sin ja furchbar schahmlos. Aber wenns ihm nicht gefallen hat, dann kappier ich nich wieso er durch seine finger durch gespätet hat. Papa hat gesacht der Tanz im Mabill is bloß ne ab wandlung von unserm Rackett[23]. Ich glaub ihm hats gefallen, weil eine von den frauen hat ihre füße so hoch geschmissen dass Papa der hut vom Kopp geflogen is, & die stelle wo früher seine hare waren is ganz rot geworn. Wo er gedacht hat ich schlaf schon, gestern Nacht, habbich gesehn wie er Mama den Kannkann beibringen wollte & wie er ihr alles von der neusten Mode erzählt hat.

Schö swi le wotre
Georgie.

_____

[23] Racket: amerikanischer Tanz.

Brief Nr. 15

Grond Hotel, Pariss

Scher Jim –

heut hamwer ne kutsche genomm & sind los zum die Seens würgekeiten angucken, & zu ers sin wir zum Plas della Kongkord, da ham die eine von die nadeln wo Frau Klopatra das nähen gelernt hat bevor man se zur Könnigin gemacht & sie sich dann in den ollen Mark antony verliebt hat. Papa hat gesacht im Central Park in New York gibts noch eine von ihre Naddeln. Mit der hatse sich bestimmt in Daumen gestochen, weil die spitze is ab gebrochen. Ich glaub ihre Hand mus so groß gewesen sein wie die hände von den tusis aus Sant Lewis weil ihre Nadel is über 20 meter hoch. Da sin auch par hübsche Spring Brunnen um die nadel rum blos die frauen wo das Wasser aus ihre Münder raus Sprudeln, ham vergessen dasse sich den bade Anzug anzien bevorse reinsteigen. Papa sacht der Platz della kokorde is der wo man früher den leuten mit der „Gülletine" die Köppe abgehackt hat, in der Relowutzjohn. Ich bin rumgeloffen un hab n totenschädel gesucht, damit wir gespenzer spielen können wenn ich wieder daheim bin, aber ich hab kein gefunden. Ich glaub die hat man schon alle bekraben[24].

Der Garten vom Luoverer is neben dem Plac Kongkord. Der is klasse bloß die Aufsäher sinn wiederlich gemein, weil die wollten mich verhaften blos weil ich n Sträuschen gepflückt hab

---

[24] naja, Georgie: die französische Relowutzjohn is ja auch schon fast 100 Jahre her…

zum das Seeleste geben, beforse wieder nach England zurück muss. Ich glaub die hätten mich glatt eingesperrt wenn Papa denen nich 5 Franks gegeben hätte zums wider gut machen.

Da is ne grose Weranda, über die mus man drüber wenn man in den Pallas della Luover rein will, & innendrin is dann n platz mit nem gewöllbe drüber wo aus rotem Marmohr is, & oben drauf is n Musik wagen, so ein wie ihn Barnum in seiner show hat, & 6 große ferde mit messing zeuch ziehen den. Das innere vom Luover ist ganz prachtvoll eingerichtet, da wo früher die Kaisers & die Kaiserinen gewohnt ham.

Die Garlerie wo die ganzen Bilder sin is stark. Papa wollte da gar nich mehr weg, weil die frauen hatten gar keine kleider an wo sie für ihre Pottrehs modell gesessen sin. Papa sacht: „Nackte schönheit is genug kleidung." Mama sacht er issn senniler alter knacker un soll sich was schämen dasser hier son schlechtes bei Spiel gibt für sein sohn Georgie.

Vom Luover sind wir zu Maddelins Kirche gefahren. Madeline hat bestimmt maln amrikanisches schulhaus aufm Lande gesehn, weil sie hat sich ihre kirche in der selben Vorm bauen lassen, blos halt aus Marmohr, & das dach tront auf ner masse seulen. An den seiten sin kleine engel & engelinnen, mit Flügel. Ich wär auch gern n engel, aber ich will kein posten haben inner truppe wo ne kirche bewachen mus, ich bezie mein lieber an der decke von nem Opern Haus dann see ich die Sterne. Madelin hat bestimmt wahnsinnig viel gelt gehabt, weil der Alter is ganz Tod schick mit gold & silber aus starviert.

Grad wo wir raus sin issn man mit ner langen schwarzen Kutte auf getaucht un hat Papa zugeflüstert wenner ihm 20 franks gibt dann gibt er ihm ein von die orgeniale Nägel wo im Kreuz drin waren. Papa hat dem das Gelt gegeben & den nagel gekriecht. Der wahr ganz schön rostig, & wo wir wider in der kutsche drin waren zum zurück fahren ins hotell, hab ich den Rost vom nagel Kopf abgekratzt & die Buch staben gelesen:

„O. Bros. & P.

Pgh,

Pa.“

also hab ich Papa gefracht wo für das steht, er hat gesacht das müssen alter Tümmliche Herrenglühfen sein, aber Mama meint das steht für ne große nagel Fabrick in Pittsburgh. Ich denk Mama hat recht, ob wohl ich nicht glaub das Pittsburgh 1800 jahre alt is, auch wenn die schlacksige Lillie gesacht hat die strasen dort hat man seit der Sinnflut nich mehr gereinigt. Der Tüpp hat Papa rein gelegt, aber der kann sich auchn Jux damit machen wo ihn für die 20 franks endschädigt, wennern dem Faffe & der Gemeinde bei uns daheim als echt andreht. Papa geht heut abend zu nem grosen masken Ball in der Opper.

Herzlich, dein
Georgie.

Brief Nr. 16

Lieber Jim –

heut bin ich ganz erschlagen weilich die ganze nacht auf
war. Ich glaub ich fang vorne an & erzähl dir alles vom maßken-
ball. Papa wollte un bedingt zum tanzen gehn, & wo Mama gesacht hat von mir aus, is er zu dem Tüp wo man kostümer aus-
leitet, & hat sich eins von Falschtaff aus gesucht, weil der tüpp
hat gesagt das macht sich viel besser auf den rundlichen rundun-
gen von Papas wampe wie auf jemand anders. Papa hat mit Maske zum schiesen aus gesehn. Er is inne kutsche & zur neuen großen Opper gefahren wo der ball Stadt findet, & ich & Mama ham
allein da hin latschen müssen.

Es isn warnsinnig großes Gebeude, deckeriert mit Gold &
Staatuen von nackige frauen & männer. Innendrinn sinn die Bö-
den aus marmohr & die wände mitsamt & n haufen nette Bildchen tappenziert. In dem raum wo in ammerika Orkester heisst,
hamse n Boden über die sitze drüber gemacht, & die band hat auf
der bühne gespielt. Die Läute wo nich verkleidet waren, sin auf
der Gallerie & in den Loschen gestanden. Du hätts dich kaput gelacht wennste die verschittne Kosstüme gesehn hättest wo die an
hatten, paar waren rote Innenjaner, Zullus, Räuber, Sehfahrer un
alte Könige wo tot sinn. Und die frauen wahren Blumen mächen,
bauerinnen, Türkeninnen & Barlett Tänzerinen, & deren ihre
röckchen waren grad mal 20 zentenmeter unter ihrer hüvte zu
ND. Fast alle waren an gezogen wie wenn sie ihre Strümpfe un

Strumf Bänder von oberhalb vom Knie herzeigen wollen. Da war ne Frau die ging als Venuß wo sich fürs bad fertig macht, die hatte ein pasche bei sich wo ihr die klamotten gehalten hat solang sie im wasser war. So bald Papa die gesehen hat, war er anscheint schon verschossen in sie, weil das war ne zimblich voll schlanke Dahme & auf solche steht Papa sowiso. Venuß hat mit Papa rum geschäckert & so bald er raus gefunden hat dasse Englisch kann & in unserm hotell loschiert, hamse zusammen schamm Panjer getrunken & getanzt & rum geknutzscht, blos hatse Papa nie unter ihre maske kucken lassen.

Ich hab Papa noch nie so auf merxam mit ner frau geseen; er hat jede gelgenheit beim Schopfe gepackt zum seinen arm um ihre hüvte tun un sie an sich drücken, & Venuß hat das ascheind überhaup nich gestört, weil sie ham zusammen getanzt & rum gescheckert bis um 4e morgens, dann hat sie gesacht langsam wird se müde, & Papa hat gefragt obse ihm gestadtet dasser ne kutsche holt & sie nach hause bringt, sie hat gesacht warum nich, aber dann müßte ihr Pasche neben her laufen, also sinse alle inne Troschke rein, Venuß hat gesacht sie hat Hunger also hatse Papa ins Kaffee Biche geführt wose ihr eigenes zimmer gekriegt ham & n köstliches essen dazu.

Da warn ellenganter Fächer aufm kammin, den wollte Venuß unbedingt haben, also hat Papa den Garssong gefragt wie viel der kostet. Der hat gesacht er verkäuft ihn für 200 franks, also hat Papa gesacht ockeh, er kauft ihn ihr wenn Venuß dann ihre maske lüftet. Wo der Garsong raus is hat sich Venuss auf Papas Schos gesetzt & er hatse umarmt. Dann hatse ihre Marske runter gemacht, & Papa hat fest gestellt dass das Mama & ich waren. Papa hat so getan wie wenner ganz beglückt is & hat Mama versichert dasser von anfang an gewust hat das sie das is. Er hat gesacht sie siet umwerfend aus als Venuß wo sich zum bade fertig macht, un er hat ja ganich gewußt dasse sone hübsche Figguhr hat.

Mama wahr ziemlich scharf, sie hat gesacht wenn Papa schon ne frau so ab schleckt & an sich drückt dann soller das gefällix mit seiner eignen frau machen auch wenn sie dafür n bißchen „deckolleh" rumlaufen mus.

Dein
Georgie.

Brief Nr. 17

Freund Jim —

wir sinn zum Chance Eliseh raus gefahren, am großen Tri-
umpf Bogen vorbei, won haufen bilder drauf sin von Solldaten
wo ihre heimatt verlassen zum mit Nappolerjohn kämpfen, bis
wir am Boa de Bullonje angekomm sind wo grad n ferde rennen
war. Papa liebt ferderennen, aber die Ferde wo er drauf wettet,
ham alle endweder schnupfen oder räumertißmus & kommen als
letzte durchs ziehl. Es war n riesen Halli Galli da, & wir ham plätze auf der haupt Tribühne gekriecht. Papa hat auf ne kleine
schwarze Stuhte gesetzt, er war der einzige wo auf die gesetz hat
weil die andern ham alle gewust dass die nix taugt, beim ersten
lauf warse schon weit ab geschlagen. Wose die färde abgeruppelt
ham bin ich von der rampe runter & hab der stuhte n spitzigen
dorn unter den Sattel gesteckt, dann binn ich wieder hoch & hab
zu Papa gesacht dass einer von den Schockies gesagt hat daß die
kleine schwarze stute die zwei näxten läufe gewind, & er hat 5
tausen franks auf die gesetzt was wannsinnig billig war. Wo der
Schocky in den sattel rein is, konnter die stute kaum abhalten
vom los Wetzen, aber wo dann das rennen Los gegang is, da hättste sehn sollen wie die Kleine schwarze ab gezischt is, sie war
schon durchs ziel durch bevor die anderen halb rum waren, wie
wenn mannse aus ner kannone raus geschossen hätt. Beim näxten
Lauf war se schneller wider Blitz, & wose beim ziehl war mußte
mann den Schockey aus dem sattel raus heben weil er keine puste
meer gehabt hat. Papa hat 200 tausen Franks gewonnen, & dann

hatter rumgeprahlt was er doch fürn Ferde Kenner is, aber ich glaub der hat genausoviel arnung von rennferde wie der Dorn.

Nachdem rennen sin wir da rüber wo die Viecher sind. Da isses genauso wie im zoo in London, also brauch ich s nich extra beschreiben.

Die hatten da auch Sträuße wo vor kleine wägelchen ge-spannt waren, Papa hat mir so eins bezahlt, & ne ganze weile lang bin ich wunderbar da hin gefahren, bissich n mädchen ge-sehn hab wo mit nem zigen Karren unnerwegs war also hab ich gedacht mach ich maln Wett rennen. Wo sie geseen hat dass ich an ihr vorbeizih, isse wütend geworn & hat mitter peitsche nach uns geknallt. Ich glaub Sträusse sin nich an peitschen gewöhnt, weil meiner hat die beine innie luft geschmissen & das Wägel-chen zu spähne getreten. Ich wollt mich nich aus dem rennen raus schmeißen lassen, also bin ich ihm aufn rücken gesprungen, ich glaub Mann hat den noch nie als Reitstraus benutzt, weil das er-ste wo ich weis is dasser wien blitz durch die straßen von Pariß gewetzt is, ich hab mich an seinem Halz fest geklammert & um mein leben gezitert, die läute ham rum gebrüllt & ham uns die bahn frei gemacht wie wenn wir die feuer wer sin wo zu nem Brannt braust. Ich hab faß ganz Pariss gesehn. Wir hatten wohl ne geschwendikeit von 2 killermeter pro minnute drauf, bis mein straus dann Lust gekriecht hat aufs Abend gebett inner Kirche von Notter Darm.

Das hättste sehn müssen, wie die leute geschrien ham & „le djabler“ gejodelt was „der teufel“ heißt wo wir reingekomm sin. Ich hätt fast laut raus gelacht aber hatte keine zeit, weil mein Straus is zimmlich plötzlich stehn geblieben & hat ein grünes Kissen aus ner kirchenbank gemampft wo er wohl für gras gehal-ten hat, & ich hab mir die decke von Notter Darm an geguckt be-for ich auf den knien von die frauen gelandet bin wo im Kohr singen. Ich schreib das hier im Stehn, weil mir gez nich so gut. Es is nich Papas oder Mamas Schuld, es waren auch nich die frauen wo ich übers knie gelegt war, wo dran schuld sin dassich mich jetz fühl wie wenn man n ganzes Dach voll ziegel da ausgeklopft hätt wo ich mich drauf setz, ich kann dir sagen, snäxte Mal wo ich auf nem Straus reite nehm ichn kissen. Die Zeitungen sin voll von meinem aus Flug, & Sarah Bernhard hat letzten abend n lied über mich gesungen[25]. Wenn Sarah n echter Bernhardiner wär, dann wüßtse wie das is wenn einem der arsch brennt, und dann hättse mich bestimt gerettet, meinste nich auch, Jim.

Dein bischen R schöpfter
Georgie.

---

[25] Sarah Bernhardt (1844 – 1923) war eine französische Schauspielerin und Theaterdiva. 1881 war sie in New York gewesen und hatte dort Zustände hervorgerufen wie später die Beatles: kreischende Fans, die sie berühren, ihr Autogramm wollten. Männer streckten ihr ihre Rockärmel und Manschetten zum Unterschreiben hin, und als ihre Feder keine Tinte mehr hatte, biß ihr ein Fan in die Hand und benutzte das Blut als Autogramm. Als Sarah sich dann loseisen konnte, gab sie ihrer Schwester ihren Mantel und ihren Hut, damit sie die Diva vertrete, während Sarah selbst durch den Hintereingang abhaute. – Dies nur als zusätzliche Anekdote. Der heranwachsende Georgie schwärmt auch für Sarah; in THE BAD BOY AT HOME taucht sie erneut auf. Sarah Bernhardt trug öfter Straußenfedern als Schmuck, und daß es da ein Chanson in ihrem Repertoire gab, in dem ein Strauß vorkommt, das ist gar nicht mal so ausgeschlossen… und sie wußte auch bestimmt, wie das ist, wenn einem der Arsch brennt, auch wenn ihrer etwas anders brannte als der von Georgie.

Brief Nr. 18

Pariß, Frankreich

Lieber Jim –

heute ham wir uns das Hotell der Invaliden angeguckt. Das heiß zwar hotell, aber es is blos n großes heim für alte solldaten. Es hatn furchbar großen Dohm, mit gold bedeckt wo man über ganz Pariss sehn kann. Innendrinn unter dem dom is die stelle wo Nappoller John Bonnaparte begraben liegt. Es sieht da nich grade wien fried Hof aus, weil der ganze boden is voller bunter Marmor & s gibt auch mehre blöcke mit nahmen drauf wie Marengo das war ne schlacht wo Napp gekämpft hat wo er noch gelebt hat, bevor ihn die Engländer auf St. Helenas Eierland geschickt ham & ihn da verhungern ham lassen. In der mitte von dem raum isn mächtiger großer Porführ Sarkoffackus was auf latteinisch Grabstein heist, der is aus ganz viele bunte marmohr steinchen un sieht aus wien großes bett blos hatter keine Füße. Da sinn auchn haufen aus geschnittene buchstaben drauf aber die konnt ich nich lesen. Nappollerjohn war wahnsinnich tapfer wo er noch gelebt hat, & jetzt wo er Tod is ham die leichen Reuber wohl keine schoße zum ihn klauen, wo doch Tonnen von Marrmohr auf ihm druff sin. Dereckt hinter dem P. S. is die Kappelle wo se die ganzen Flacken auf bewaren wo die französischen Hehre erbautet ham, Paar von den sehen aus wie das Tuch wo sich Deine Mutter immer rum tut wennse wäscht, alles voller risse un Flecken. Die soll daten von hier & von England ham un heimlich schicke Sachen an, blos die schottischen Heil-Ender wo Kwien Victoria am lieb-

59

sten mag, hatse da zu verdonnert dasse frauen Röckchen an ziehen müssen wo nich mahl bis zum kni gehen.

Die ganzen alten solldaten von Frankreich, wo nich meer kämpfen können, wern zu den Invalliden geschickt, & da wernse dann vonner Reckierung ernähert & mit ausreichen Taback versorcht. Da isn großer Platz zum Paraden Machen vorne drausen wo die Soldaten rum sitzen. Unfähr hundert Kannonen sin da & n wannsinnich hoher Fahnen Mast wo se jeden Tach die französche Flacke hissen. Papa & Mama ham nem Solldat gelauscht wo erzählt hat wie er mit Nappollerjohn auf der Pennensula wahr & wose nich geguckt ham bin ich rüber zu dem fahnen Mast zum Gucken wie der funk zeoniert; da war n ziemlich starker wind & grad wo ich das Seil los gemacht hab, hats die Fahne weg geblasen & mich anne Spitze vom Mast hin gehisst. Mir is die muffe ganz schön gesaust, aber ich hab nix gesagt sondern mich blos an dem Marst fest gehalten wie wenn ich der Wetterhahn wär. N riesiger haufen Läute hat sich unten versammelt & drauf gewartet dassich jen Moment zwischen ihren füßen auf klatsch, ne Vormlose Masse Mensch, aber nich ums Verrecken bin ich runter gefallen. Mann hat alle leitern ausgefahren wo man hatte, dann hamse die Feuer wer geholt mit ihre Feuer Rett Leiter, aber nix hat bis zu mir hoch gerreicht. Dann hamse beim Zirkuss angefragt un sin mit ner maschiene wieder gekomm wo man benutzt zum Feilenbogen raus schiessen, mit seile dran & wenn man die Fahne trifft kann manse runter ziehen. Wo da ungefehr 10.000 Läute hoch geguckt ham & ne ab ordnung vonne Pollenzei dazu, & woses alle lang sam auf gegeben haben zum mich runter kriegen & gedacht ich verreck da jetz vor ihre augen, da hab ich hunger gekriecht & mir is wieder ein gefallen wie Du & ich früher die Telkrafen Masten hoch geklettert sind, also hab ich Füße & arme um den marst rum geschlinkt & bin ganz locker da runter gerutscht, grad wie wenns nix einfacheres auffer welt gibt. Das war vileichtn Anblick, die ganze Läute ham geklatscht & Brav-Oh gejodelt, & man hat die ferde vonner Kutsche abgemacht & Mama & Papa & mich ins hotell zurück gezogen, grad als wär ichn großer Gennerahl wo heimkommt vonner schlacht.

Dein klorreicher & mit Rum bekränzter Freund
Georgie.

Brief Nr. 19

Pariß, Frankreich

Mein lieber alter kumpel –

heut morgen sinn wir rüber zu den gärten vom Pallas Rojahl zum zugucken wie der Ballohn hoch geht. Die waren grad fertig mit auf füllen wo wir angekomm sin & das seil hing raus, da hat einer von den fuzzis im Korb gejodelt „festhalten", also habbich das seil geschnappt, & bevor ichs wieder los lassen konnte bin ich inner Luft geschwebt, kannze dir vorstellen dass ich ganz schön muffensausen hatte, aber ich hab mich fest gehalten bis mich die Fuzzis gesehen & in den korb hoch gezogen haben. Wo sie gefragt haben was ich denn da mach, hab ich gesacht sie ham doch gerufen festhalten, also hab ich mich festgehalten. Auf jen Fall hatte ich ne schöne sicht auf Pariss, & son aus Flug im Ballohn is schon was feines, wir sinn so zwei stunden inner Luft rum gegondelt befor wir wieder runter sin.

Papa & Mama sin heut nach mittag zu nem endfang bei dem amrikanischen Faffe eingeladen. Heut war in Pariss n feiertag & inner ganzen statt sin Fahnen geflattert, also bin ich in unser Zimmer im hotell & hab eins von Papas rote Flannell Hemden wo er immer anzit wenner Räumertismuß hat, an nen Angelhacken gemacht & zum fendster raus gehenkt so wie das hier mode is. Dann bin ich runter aufs Bullwahr un hab zu geguckt wie die weiber hochjucken wo se auf die knallerbsen getreten sinn wo ich aufs Trottwahr gelegt hab. Ich hab mich klasse ammersiert, & wo ich wieder zurück ins Hotel bin sind Papa & Mama auch grad heim gekommen, & da warn Reckiment Solldaten

62

auffer Straße, & ungefähr 20 „Schöndarmen" sinn zu unserm Zimmer hoch gekomm & ham Papa & Mama & mich mitter kuttsche zum Bullizei Pressidium gekarrt. Ich hab mich ganz großartig gefühlt weil die uns mit so viele Soll Daten ehren, aber dann hab ich raus gekriecht dass man uns verhafftet hat weil wir Rewolutzeonnäre & Kommanisten sind. Papa hat den amrikanischen Faffe kommen lassen, & wo der ankam & gefragt hat warum man uns ein sperrt, ham die ihm gesagt weil aus unserm zimmer die Relowutzjohns Farben raus hängen. Da is mir die Flagge wieder ein gefallen wo ich dahin gemacht hab zum den französchen 4ten Juli mitfeiern & die sinn ja schon gemein dasse uns einsperren blos weil n braves Kind das land preißen will wos mit seiner gegen Warte beert. Wo der Scheff vonner Pollenzei mich wider erkannt hat als der wo auf dem Strauß geritten is & wo sich aufn fahnen mast gehisst hat, da hatter gelacht & hat zu Papa gesacht er lässt uns laufen unter der beidingung dasser mich heut nacht noch aus Pariß weg schafft, weil er befürchtet wenn ich noch länger bleib dann gipts bald kein Paris mehr. S tut mir wahnsinnig leit weil wir ja noch längs nich alles gesehen haben, Papa hat gesacht immer bring ich Schimpf & schande über ihn, die vorstellung das man ihn aus einer statt verband, paßt ihm gar nich. Wenn ich gelt hätt & die Bullzei würd mich lassen, dann würd ich grad in Pariß bleiben, weil hier kann man sich so klasse vergnügen & die frauen sin unheimlich schick & kregel. Heut abend gehn wir nach Marsee, Papa wollte erst noch zur krönung vom Zarr in Mostkau[26] aber er hat sichs anders über legt, weil ich glaub er hat angs vor „dünner Mit" und den „Nie-Höllisten".

Tschüs Jimmy,

---

[26] Alexander III. wurde am 27. Mai 1883 in Moskau zum Zar gekrönt.

Dein Freund
Georgie.

Brief Nr. 20

Lieber Freund –

wir sin um mitter Nacht von Pariss abgefahren, also ham wir vor morgen überhaupt nix mehr sehn können. Die hatten kein Schlafwagen in unserm zug aber unser ab Teil war klasse aus starviert also habbich trotzdem bis zum morgen durch geschlafen. Papa sacht Bayard Taylor der grose amrikanische Klobetrotter wo tot is[27], hat mal gesagt Prinzen, Amrikaner & Ideoten sin die einzigen wo in Euer Opa 1ste Klasse reißen, also sinn alle andern Parsaschiere in unserm ab Teil Ideoten, weil Amrikaner sins nich, & wenns Prinzen wären dann hätten se ja keine Kleider an, weil Prinzen is doch 3te Person Marskullin. S waren aber anscheint ganz harmlose ideoten wo sich auf gefürt ham wie alle andern frauen auch, blos dasse Zikretten rauchen, abers hatse nich gestört dass Papa & ich in ihrer an Wissenheit Zigarren rauchen.

Ich mag die frauen von Frankreich gern, die sinn so „süs" was man ja neuer Dings sacht für „chic", einer von den bei uns im abteil hats an scheint überhaupt nix ausgemacht wo ich müde geworn bin un ihren schoß als Kissen genommen hab, & n riesigen fett fleck auf ihr blaues Seiden gleit gemacht hab wegen der Pomate auf meine Haare.

---

[27] Bayard Taylor (1825-1878) war ein amerikanischer Reiseschriftsteller. 1844-48 hatte er zu Fuß Europa durchquert.

Ich hab gesacht ich finds wahnsinig schade dasse alle Ideoten sin, & sie ham gelacht & gesacht Bayard Taylor hat immer an Wissende ausgenommen. Wir sin durch Awenjon gefahren wo die läute früher den Pappst am großen C geküßt ham wenn man se aus Rom verband hat. Wir ham ne menge weinberge & opsgärten gesehn, wo man die faule äpfel an flanzt wo man den schampanger draus macht, wo man dann nach Ammerika xpertiert, weil da gipts genug Ideoten wo 5 dollars für so ne flasche bezahlen. Wir ham in Lions was gegessen, das is da wo man die seide her stellt wo man frauen Kleider draus macht.

Da sinn ne menge Ruhinen von alte schlösser auf Hügel entlang von der Eisen Bahn Rute, aber sons gibt's nix zu sehn. Wo wir hier an gekomm sin, sin wir gleich runter ins hotell gefahren. Marseh liecht direckt am mittel Mehr & hier fahren alle schiefe ab wo nach Indien wollen. Die häven sin wansinnig groß, wir sin da mal drüber spaziert & ham zu geguckt wie die Solldaten die ferde anschirren & se in son loch in nem Kriegsschiff rein mannöffrieren zum in Tongking gegen die Khinnesen kämpfen. Wenn die Ferde Esel wären aus Arkansas, dann kannze giff drauf nehmen dass die soldaten dezente Bekandschafft mit ihre Hufe machen würden, bevor manse da reinfercht. Ich hab mein Angelzeuch dabei gehabt, also hab ich mal mein glück versucht, aber ich glaub im mittel Mehr gibt's gar keine fische weil keiner hat angebissen.

Gestern abend waren wir im Teater. Da war ne masse läute, weils wahr ne ittalenische Oper & jeder hat sich schick gemacht, aber an scheint war das tehater nich richtich belüftet, weil da war n eckliger gestank grad wie wenn n duzzend illtisser frei rumlooft. Keiner hat das ausgehalten, alle sinse nach 1 ander raus bis blos noch Papa & Mama & ich da wahren. Papa hat n Katar & Mama hat Schnupfen deshalb hamse nix gerochen, aber ich

bin fast erstickt wo wir endlich in der kuttsche drin waren der Iltiss is ascheind mitgefahren, aber wo wir dann am Hotel an gekommen sind hat der witz ers angefangen jeder hat sich die Nase
zu gehalten & gerufen mann soll „ihn anne luft setzen". Ich hab
über Haupt nich kapiert wen die meinen bis michn paar Garss-
ongs auf die strasse raus gefürt & durchsucht ham, aber die ham
nix weiter gefunden wie die scherben von der flasche mit Stinke-
sand wo ich auf den köder getan hab wo ich beim angeln war, ich
glaub die is kaput gegang wo ich mich auf meine Rock Chance
gesetzt hab, ich hab mich gewaschen & n andern anzug an gezogen, draußen im hof vom Hottel, weil ich hab mein andern Anzug nem Bengel geschenkt wo zeitungen vertickt, & ich glaub
der legt heut den grund Stein für sein Vermegen, weil ihm jeder
seine zeitungen ausser Hand reisst, blos damit er schnell wieder
abhaut.

    Bis dann, Jim,

Dein bester freund
Georgie.

Brief Nr. 21

Tullon, Frankreich

Lieber Jim –

alles in Allem fand ich unsern Aufthalt in Marseh nich so toll weil Keiner wolt mir zu Nahe kommen, also wahr ich ganz froh wie wir hier her gekomm sin. Tullon is da wo man die große eiserne krieg's Schiffe macht, wo man zum kämpfen braucht. Wir sinn zur Margarine Werft & ham uns an gegukt wie die ne große Kannohne testen zum gucken wie weit die schiesst. Ich glaub die kugel is weit weg ins mehr gefallen, weil man hatse nirgens Meer aufschlagen seen. Da war ne frau mit ner kleinen tarn farbigen töle, & wo keiner gegukt hat habbich die in die Kanohne vorne rein gesteckt, grad rechzeitig bevor der test losging wievil Schisspulver man braucht. Wir mußten alle weg damit wir uns nich verletzen & grad da wo die frau ihre töle vermisst hat, is die kanone los gegang & alle hamse gesehn wie da n Viech durche lüfte fliecht wien vogel. Ich glaub schon dasses der Töle gut geht, wenn man ihr das schwimmen bei gebrachtet hat weil wahrscheindlich isse kurz vor Affrika ins Wasser gefallen was ja auffer andern seite vom mittel Mehr liecht.

Ich hab gelesen wie die die Gallehren Sklafen behandeln wo hier her komm[28]. Also fand ichs klasse wo Papa & der amm-

---

[28] Toulon an der Mittelmeerküste ist kein touristisches Ziel (mehr), es dient lediglich als Durchgang. Damals wurden dort, wie Georgie korrekt beschreibt, die französischen Kriegsschiffe hergestellt, und auch als Haupthafen für die zur Galeerenstrafe verdonnerten Sträflinge machte Toulon

rikanische Boot schaffter & ich ne genemmigung gekriegt haben zum das Gefängniss & die werke angucken. Es is übel, wenn man das siet, die ganze arme männer an 1 ander gekettet anne Fuß knöchel, so dass sich keiner bewegen kann ohne dass ihm der andere folgt[29].

Der schliesser wo uns rumgeführt hat, hat auf ne ganze latte Tüpen mit grüne hüte gezeicht & gesacht das sin pollytische Häfflinge & die müssen ihr leb tag hier drin bleiben. Ich glaub dem war ganich klar dasser lügt. Die behandeln die leute da unheimlich schlecht, in Ammerika hätten die schnelle Ferde & würden im gans grosen Stiel leben.

Papa is mit dem schliesser wo uns rumgefürt hat, hoch zum sich was hinter die binde gissen & hat mich allein gelassen, & ich bin rum gelaufen & hab mittie Gefangene geredet. Es wahren ungefähr 12 mann pro gruppe, & ich hab jedem pährchen ne Veile gegeben wo ich zu dem zweck n ganzen Haufen von gekauft hab, & hab ihn gesacht sie sollen sich die gelgenheit nich endgehn lassen & ich lenk den schlieser ab. Also binnich hoch wo Papa & er & der Boot Schaffner beim Saufen waren, & hab ihn noch mehr Schampanjer nach geschenckt & hab n paar von Mamas morfin tabbletten, wo sie nimmt für ihre neu Rallgie, in das glas von dem Schlieser fallen lassen.

---

traurige Geschichte. 1804 schrieb Arthur Schopenhauer darüber. Mit dem Verschwinden der Galeeren als Kriegsschiffe verschwand Mitte des 19. Jahrhunderts dann auch die Galeerenstrafe, aber viel änderte das nicht, denn entsprechende Sträflinge (Mörder, Hochverräter, aber auch politisch oder religiös Verfolgte wie Hugenotten – die Galeerenstrafe war der Ersatz zur Todesstrafe) gab es immer noch, und so wurden sie nun zur Zwangsarbeit in den Kriegsmarine-Werften verdonnert. Die Strafanstalten hießen Bagnes und entsprachen unserem Zuchthaus. Das ist es, was Georgie hier sieht: Bagne-Häftlinge.

[29] Die Häftlinge in den Bagnes waren jeweils zu zweit aneinander gekettet.

Dann sinn wir wieder heim, & die ganze nacht ham wir alle 5 minnuten gewer schüsse gehört, was bedeutet dass paar Gefangene aus gebrochen sin. Ich glaub die sin endwischt weil heut morgen stant inner zeitung drin dass man se noch nich gekitscht hat & warscheinlig auch nich kitschen wird, weil die menschen se freundlich auf genommen haben.

Es is sicherer für mich wennich nix sag bis wir in Ittalien sin, aber dann wer ich mal schreiben & den schliesser fragen wie ihm denn der schammpanjer mit Morfin geschmeckt hat.

Georgie.

Brief Nr. 22

Nitza, Frankreich

Lieber Jim –

wir sin mit dem zug von Tullon ab un sin an Can vorbei gekommen, dem Kuhr Ort wo die läute wo nich soviel gelt haben in Pomp & Kloria leben weil da is alles billig. Nitza is ne krandiose Ecke & wir vergnügen uns kollosal seid wir hier sind. Wir sin im Hotel des Russe[30] abgestiegen. Papa hat das eintragen vergessen, also hab ich sein nahme für ihn hin geschrieben, der Futzi wo sich vor ihm ein getragen hat, hat LL.D. hinter sein Nahme geschrieben, also hab ich gedacht ich mach uns auch so schick & hab die inzialen G.S.R.B.B.D.I.A. hinter Papas Nahme gesetzt. Kaum war das rum dass dan Ammrikaner mit ner allfabetischen Oktaf als Rattenschwanz an seinem Nahme bei uns im Hotel loschiert, hättste den Strohm von ein Ladungen sehn müssen, zu leute, auf Bälle & Partys, wo Papa & Mama gekriecht haben. Ständich waren se wo ein geladen, & Papa hat mehr Freifusel gekriecht wie er saufen konnte. Mich ham die leute behandelt wien junger prinz, ham mich zum Botfahren & zum schwimmen & angeln eingeladen. Nitza isn hübsches fleckchen, flach & ein gekeilt zwischen zwei packungen allpen, da iss auchn fluss mit brücken drüber wo von der Statt ins mehr fliesst.

---

[30] Nizza entwickelte sich im Laufe des 19. Jahrhunderts zu einem beliebten Kurort vor allem für die russischen und britischen Schickimickis. Die Hotelnamen zeugen heute noch davon. Und Georgies Abenteuer in Nizza hat auch damit zu tun, daß er hier in der Schickimicki-Hochburg Nr. 1 sitzt…

Die Prommenade Des Angelais läuft am strannt entlang, & da sin die leute auf Ferde oder Welletzipeder unterwegs. Par killer Meter von Nitza weg is Viller Franche, wo die flotte von ammrikanische krieg's schiffe in euer Opa einkehrt un sich die schnieken damen angelt zum se putzen. Wir sind da auf der muschel strasse rausgefahren wo Nappoller John gebaut hat wo um die ränder von die Berge rumläuft. Wo wir anne Stelle gekommen sin wo man die ganze Küste überblikkt, hätteste klar den unterschitt gesehn zwischen der ammrikanischen *Nipsick*[31] & nem französchen Panzer Schiff. Es hat ausgesehn wie wenn das französche Kriegs Schiff sich ne Portzeon Jallap[32] reingepfiffen & dann die *Nipsick* rausgekotzt hätt. Papa sacht drei von sone panzer kisten hätt man bauen können für das was die *Nippsick* gekostet hat blos darf der alte Secker Robeson von Jersey[33] die schore nich in die klauen kriegen. Aber so oder so mus sich Ammerika nich für seine Mattrosen schämen, weil wir hamse grad um die Frantzosen rum kriechen sehn beim truppen X R zieren. Aber ich find trotzdem, die amrikanische Offziere blasen sich bischen zu sehr auf, da warn welche auf die schiffe die haben mit den Matt Rosen geredet wie mit Hunde, als ob nich jeder Ammrikaner gleich gut is wie der andre.

Wir ham uns auch grad noch Herr Smith sein Blödsinn angeguckt, das is n schloss in den felsen reingehauen, mit möpplierte zimmer & alles. Ich glaub Herr Smith hat schon gewust

---

[31] Nipsic: amerikanisches Kanonenboot, das von 1880-1883 im Mittelmeerraum im Einsatz war.

[32] Jalap: Abführmittel.

[33] George M. Robeson war Secretary of the US Navy und Republikaner.

was er da tut, blos die Tüppen wo sein RB wollen, denen gefälz anscheinend nich[34].

Naja, jetz isses xplodiert, & Mama & Papa lassen die köppe hängen weil se sich schämen, & beschuldigen ihr liebes braves kint. Wir müssen nach blos 2 Tage wieder weg aus Nitza weil Papa & Mama können keinem Meer ins gesich sehn.

Heut war bei Lord & Lady Fatticake ne grose Garten Party, extra organnesiert wegen dem Rattenschwanz mittie buchstaben an Papas Nahme dran. S war ne wahnsinnig fornehme fete, & alles lief ganz klasse ab bis Papa sich dafür bedankt hat daß alle „unsern geerten Gesten" zuprosten, & da hat michn junger Engländer ganz laut gefracht was Papa denn für ein Grad hat. Ich hab zu dem gesacht Papa hats am liebsten pur, es sei denn jeman spendiert ihm Brandie & Soda. Er hat gesacht das meint er nich, er will wissen was die buch Staben an Papas Name bedeuten. Wo ich ihm ziemlich laut gesacht hab die bedeuten Ganz Schlimmer Rotz Bengel, Behalt Den Im Auge, da wars als wären wir gans plötzlich unsichtbahr geworden, weil niemand hat uns mehr zu geprostet, & ich hab gehört wie Lady Fatticake zu ner andern Lady gesacht hat wir sin nix weiter wie ne brofahne bande amrikanischer Abend Teuerer. Ich glaub der Fuzzi mit dem LL.D. hinter seinem Nahme issne Lebende Leiche. Durchgeknallt.[35]

Dein in ungenade gefallener
Georgie.

---

[34] „Smith's Folly" („Smiths Dummheit") ist der Spitzname des Château de l'Anglais, das sich ein englischer Schickimicki 1859 hat bauen lassen. Man hielt – und hält – es für Schnickschnack.

[35] würde wohl gut passen. LL.D. heißt allerdings nur Dr. jur. Langweilig, nicht?

Brief Nr. 23

Monacko, Frankreich

Lieber Jim –

wir waren schon im zug nach Neapel drin, aber wo der hier durch is hat Papa gedacht, wir können hier zwischen Stadtsion machen & denen beim zocken zugucken. Monako is genau oben auf Monte Carlo drauf wo genau zwischen Ittalien & Frankreich liecht & vonnem Prinz reckiert wird. Es is blos 20 Killermeter von Nizza weg, wenn man aus den Wägen raus is denkt man Mann looft hier durchn grosses grünes Haus, es is so hübsch ein-gerichtet, mit Blumen & bäume & der weg wo hoch fürt zum Hotel Des Prinzes, hat so ne große marmohrne Gelender Säule wie die das auch in der Oper beim zwischen Vorhang haben. Mo-nakko is das Spieler Parradies von euer Opa wo die ganze schnie-ke Graphen & Graphinnen hin gehn zum ihr gelt los wern. Das Kassienoh is der Spiel Salon, wenn man da reingeht kommt ein Tüpp mit Liffreh un guckt ob man aus Länder is oder nich, dann lässt er ein in den „sall de Schön" rein das is n großer Raum mit Spiegel & Soffars überral rum auf nem marmorboden, & bunte Flacken überal, & so 10 grosse Tische drauf. Vier davon sin Ru-lett Tische, mit ner großen Pfanne aus messing mit innen holz mit kleine nummerierte ab teilungen von 1 bis 36 unner 0, auf je-der seite von der Fanne is n tisch mit grünem tischtuch drauf & kleine kwattrate wo die gleiche nummern haben wie die Fanne. An jedem tisch stehn 4 futzis einer dreht die Fanne rum & schmeist ne murmel rein, & die zahl wo die murmel liegen bleibt hat gewonnen, & wer dann auf die zahl gesetzt hat kriecht sein

74

35 Fachen 1 Satz es is wansinnig spannend blos kann man ers ab 5 francs setzen. Papa hat inner ersten nacht 65 dollars gewonnen & ich glaub er wahr kurz davor zum die spielbank sprengen. Die anderen 4 tische heißen Rugoe e Nior das is französisch & heist rot & schwarz. Da kann man nich so viel gewinnen auser man verdoppelt jedes Mahl sein ein Satz. Letzte nacht hat Papa Rullett gespielt & hat wansinnig viel verloren Mama wahr nich dabei, also wollt ich Papa da weg bringen bevor er bleite geht, er hat gesacht okeh, nur noch einmal, & dann hatter 100 Franks auf 0 gesetzt & nix kam, & Papa hat grad seine 3500 franks zusamm gerächt wo N'ittaljenischer Offenzier auf gekreuzt is & gesagt hat die schore is seine, Papa hat sich auf gerecht & den als Schwindler bezeignet & sich das Geld innie taschen gestopft. Der Ittaljener hat gesacht er is jetzt beleidigt & fördert Papa zum Du-well heraus. Papa hat befürchtet sein ruf is ruhiniert wenn er da nich mit machtet also hatter die heraus Förderung an genomm & hat ein Seckundant aus gewählt & hat zu gestimmt daß man bei tages an Bruch mit Pistohlen kämpfen soll. Ich hab gesehn dass Papa unheimlich schiss hatte, aber ich mußt ihm versprechen dassich Mama nix von der sache sag. Dann isser die ganze Nacht wach geblieben & hat sein testerment gemacht & abschitts Briefe an seine Freunde in Ammerika geschrieben & Brandie getrunken. Ich bin auch nich ins bet weil ich angs hatte dass ich sons nich rech zeitig auf wach. Bei Tages an Bruch ham wir ne kutsche ge-nommen & sin zu der Stelle raus gefahren, da ham wir noch so ne ½ stunde gewartet auf den Arzt un den anderen duwellist. Dann hamse 30 schritte ab gemessen & zusammen ne flasche schampagner getrunken, & die seckundanten ham solang die Pis-tohlen untersucht. Ich glaub die ham gar nich gemerkt dassich aus der von dem ittaljener die Kugel raus genommen hab, weil die ham Papa & ihn mittie Rücken zunander hingestellt, und ham

gejodelt eins zwei drei, & dann hamse sich ganz plötzlich rum gedreht, & dann gabsn wansinnigen knall, & beide sinse umge-plumst wie tot. Ich glaub Papas Pistohle is losgegang, & der bus-sart wo er getroffen hat is auf dem ittaljener sein Kopp gekracht, weil keiner hatte ne kugel intus. Trotzdem hamsen zimmlichen schreck gekriecht, und sie ham sich die hand gegeben & sich versönt ohne das einer in Blut baden mus.

Dein
Georgie.

Brief Nr. 24

Cara Mea Jim –

jetz schreib ich aus Niapel, der statt in Italien wo so berrümt wurde dafür dasse die welt mit diese Fuzzis aus starviert hat wo mit orgeln un affen rum loofen & Labella Nappolli jodeln, was das schöne Niapel heist. Auserdem is die statt bekand weil se den Wesuff hat, den wolkan wo an der Ecke von der küste hoch rakt wien lichtmarst.

Wir ham uns fast alles angeguckt was man so geseen haben muß, & ich weis echt nicht mit was ich anfangen & was ich dir zu ers erzählen soll, wenn ich nich mit den Shows anfang. Es gibt da jen Tach drei Stück davon, & fast jeder geht da hin außer frauen wo unter schwachem Magen leiden.

Früh am morgen is die beste zeit fürs Matterneh, also nimt man sichn fürer mit & geht mit dem zu ner festung wo schloss Lumpenstein heißt, die is eingemauert & wird jeden abend um 9e ab geschlossen. Der Führer sucht sich meist n haus aus mit so 2 frauen unnem halben duzzen Kinder, wo Mackerohni machen. Die manschen ne ganze Menge Mehl kleister zusammen & schneiden das in lange streifen & legen die innie sonne raus zum Drocknen. Wennse ne Fanne oder so voll haben & so langsam auf Trapp kommen, dann beginnt sich das wild in den haarigen wäldern zu rühren, & dann geht die show los. Die Kinder knien sich hin, & die frauen eröffnen dann die Jagt. Sie jagen das wild aus der Deckung raus, & meistens erbeutense mehrere schöne „graue vögel" wo se erlegen in dem se se vorsichtich zwischen

77

daumen & zeige Finger zerdrücken bis mans knacken hört. Wenn die größten vögel auf die weiße gekapert sin, wird das ganze Kind mit ner Portzeon dreckiges wasser behandelt in dem das „wild" bekandlich besonders gut gedeicht, & das „jagt Treffen" wird verschoben aufn näxten Morgen, wo die selbe Protzeduhr dann wieder vonvorne losgeht. Einmal bei der Matterneh zugucken reicht meistends, weil überlicherweise hat man das Gefühl als ob das Wild teilweise schon auf ammerikanisches Terrähn emmekriert is[36]. Wahrscheinlig langweilt dich dieser Brief jetzt schon, aber ich hab ja versprochen dass ich dir alle seehnswürgekeiten schreib wo ich in euer Opa seh, & das halt ich auch.

Nach mittachs gehnse fast alle in Zoo wos ne orntliche Auswal gibt von fornehme & kultiwirte viecher, & Fische plus ne ganze masse khinnesische Fuzzis wo am College neben dem zoo stuttieren & da hin gehen zum mal an die luft kommen.

Aber die beste show von alle is die talienische Opper in der San Carlo Opper wo das größte Teehater von eueropa is. Papa geht da jeden abend hin, er is nich knickrich aber mir is aufgefallen dass er immer die billigsten karten kauft, plätze direkt vor m Ohrkester wo hier graben heist & wo sich die ganze vornehme fuzzis nie hinsetzen.

Die vor Stellung besteht aus ittalienischem Gesinge was man nich versteht, & getanze von n paar balett Tussis, die haben ihre röcke unter m arm & hüpfen auf einem von ihre große 10 rum & probieren ob se den andern in den mund stecken können. Papa gefällt das anscheinend, & ich glaub er denkt er hat wieder

---

[36] In dem Jahr nach Georgies Besuch, 1884, brach in Neapel eine schlimme Cholera-Epidemie aus. Dann begann man, die hygienisch üble Altstadt zu sanieren. Wäre Georgie später in Neapel gewesen, hätte er die „Jagd" im „Wildgehege" auf Schloß Lumpenstein vermutlich nicht mehr so unbeschadet überlebt...

ne R Oberung gemacht weil er schmeist Blumensträußen nach
einer von die Tussis jedes Mahl wenn die auffe Bühne kommt.

Ich hab Mama erzählt wie peinlich sich Papa auf fürt, also
ham wir ihn letzten Abend allein los zwitschern lassen, & Mama
hat mich als Mächen verkleidet, mit weißem hut & groser roter
feder drauf & dann bin ich zur Oper & hab mir ne karte gekauft.
Wo die sause so langsam dem ND zuging, hab ich zu nem kehl-
ner gesacht er soll Papa n briefchen geben wo drauf stant: „Meine süße alte zucker pflaume, ich verzer mich nach dir, folge mir
heut nacht nach haus, aber bitte sprich mich nicht Ehr an als bis
ich dich an spreche, denn ich steh unter scharffer Bobachtung,
geh zum linken aus gang raus, vergis mich nich, dein Schatz mit
dem weisen Hut & der roten feder drauf."

Das hat wunderbahr geklappt sobald er mein hut gesehn
hat isser mir nach, ich bin zimmlich gerant, & s war klar dasser
ganz schön ins schwitzen gekomm is damitter mich nich ausn
augen Verlirt, ich habn fast durch ganz Niapel gelotst bisses fast
schon morgen war & ich langsam müd geworn bin. Dann hab ich
gewartet bisser mich so langsam ein geholt hat, un hab gesacht:
Schatzi, warte hier, ich geh kurz umme ecke rum zum gucken ob
uns einer sieht. Er hat gesacht „okeh", also bin ich umme Ecke
un zum hotel zurück gerand. Wo Papa heimgekomm is wahr Mama auf, & sie hat Papa gefracht wo er jetzt her kommt. Er hat gesagt er hat sich verlaufen, er is bis zu den helenen gelatscht die
ganze Nacht blos weil er nich mehr ins Hotel gefunden hat. Er
hat gesacht er hat die schnauze voll vonner opper & will da jetz
nich mehr hin, aber ich glaub er hatte blos die schnauze voll vom
Warten auf die schnalle mit dem weisen Hut & der roten feder
drauf, das is der ganze grunt warum er vonner ittalienischen Oper
nix mehr wissen will. Papa is langsam zu alt zum den Schnalle-

rich spielen, aber s gibt halt leute die ham kein respeck für ihre kahlen Schädel.

Herzlich, Dein
Georgie.

Brief Nr. 25

Niapel, Ittalien

Lieber Jim –

wir sin durchn ganzen Königspallas durch & ham uns die wiege an geguckt wo der könig von Ittalien drin gelegen hat. Die sieht unheimlich schnickschnackig aus, aus Korrallen & eben Holz deckeriert mit Gold & Kammee aber ich kappier irntwie nich warum man son fez macht um son verschmiertes kleines Bebi. Das Muß-Sehum is die haupt Atrackzeon weil da is das ganze zeuch drin was man in Pompeehi & Herrkullanejum gefunden hat was unter der Lawa bekraben war wo der Weh-Suff ausgekotzt hat wo er Magen W gekriecht hat. Dann gips da noch die rüstungen wo die alten Römer früher an hatten wo ganz aus Stahl sin. Dann sin da auch die käfige wo die solldaten ihre Frauen drin ein geschlossen haben, bevor se weg sind zum kämpfen, damit se nich mit den genossen ins camp meeting[37] gehen. In der Kunz Gallerie waren n haufen bilder drin wo Amrikaner ja immer so tun müssen als obse die ganz toll finden blos weil se alt sind, & es is halt mode daß man sich Stunden Lang das zeuch anguckt.

Heut sin wir zum Wehsuff rausgefahren und ham zugeguckt wie die die lawa aus den strassen & von den Häusern vom

---

[37] Camp Meeting: etwas typisch Amerikanisches. Religiöse Erweckungs- und Bekehrungs-Partys. Mark Twain ironisiert sie in HUCKLEBERRY FINN, und Metta Victor thematisiert sie in A GOOD BOY'S DIARY (1885).

Pompeehie weg schippen[38]. Die ham da gruben aus gegraben so
daß man durch die strasen & in die häuser rein laufen kann so
wie das die Läute damals auch gemacht haben beforse lebendig
bekraben worden sind. Die häuser sinn zwar zimblich altmodisch, aber man sieht das die anticken Menschen gans schön
reich gewesen sinn weil das innere is alles un heimlich fornehm
an gemalt. Ich glaub der olle Antonio Comestockio hat nich in
Pompehie gelebt sons hätter wahrscheinlig die ganze Häuser
kampfisziert un die leute verhaftet weilse ihm nich züchtich genug sin[39].

Der Wesuff hat anscheinend zimlich plötzlich gekotzt, weil
in einem haus hat der Nigger Koch keine zeit mehr gehabt zum
das brot ausm Ofen holen. Es hat ausgesehn wie grade fertig, also
hab ich mirn Leib geschnappt & den in unsern Freßkorb fallen
lassen. Wo wir uns hin gesetzt haben zum pick Nicken, hat Papa

---

[38] Die Ausgrabungen, Konservierung und Erforschung der vom Vesuv
verschütteten römischen Städte – neben Pompeji und Herculaneum waren
das noch weitere – ist zu der Zeit, als Georgie kommt, gerade noch in
vollem Gange.

[39] Antonio Comestockio, eigentlich Anthony Comstock, war ein amerikanischer Postinspektor, der die viktorianische Verklemmtheit zur Politik
machte und in den nach ihm benannten „Comstock Laws" durchsetzte, daß
„obszöne" und unanständige Werke der Literatur sowie auch andere Ge-
genstände, wie Verhütungsmittel, von der Post nicht mehr befördert wurden.
Die von ihm gegründete „New York Society for the Suppression of Vice"
(„Gesellschaft zur Bekämpfung des Lasters") hatte das Bild einer Bücher-
verbrennung als Wappen. Der irische Schriftsteller George Bernard Shaw
verhöhnte diese amerikanischen Spießigkeiten als „Comstockerei". USA,
das Land der Spießer und Spinner – ich denke an George W. Bush, an die
Tea Party, an Michele Bachman und Sarah Palin –, eine vercomstockte
Welt… Georgie spielt hier übrigens auch darauf an, daß es in Pompeji
Wandgemälde gab mit kopulierenden Paaren drauf. Hätte Comstock
wirklich nicht ertragen, da hat Georgie recht.

ne büxe mit Sardinen &ne flasche wein auf gemacht, & Mama
hat das Brot geschnitten & stullen geschmiert. Papa hat ab gebissen
und gesacht, das verdarmte brot war wohl ne woche lang im
ofen drin, das is ja hart wie stein, aber wir ham alle eine oder
zwei Stullen runtergewürkt & ich hab nix verraten dass das brot
schon paar Jahre alt is, bis wir wieder daheim waren, & dann
hamse Brechwutz gefressen, aber das brot hat sich nich vonner
stele gerührt & is nich die Bohne raus gekommen. Wir ham
auchn Spatzirgang aufn Wesuff rauf gemacht, aber der hat nich
lang gedauhert, weil da hats gerochen wie wenn die heils Arme
ihre Vorträge an Hand vom echten Leben verendschauerlicht,
ganz schwefelig. Papa hat gesacht er vermutet Wolkane sin die
ofenrore wo für die Öffen im Hadess für den durchzug sorgen.
Wenn das stimmt dann hat die feuer Wer aber ganz schön was zu
tun. Wir wollten noch nach Florenz & Pissa wo der schiffe Turm
is, aber Papa hat sichs anders überlegt & deshalb gehts jetzt nach
Konstantinoppel & Egüppten wo die Pürramieden sind.

Dein Freund
Georgie.

Brief Nr. 26

Civitta Weckia

Lieber Jim —

wir sin mit dem dampfer zur Ciwitta Weckia hochgefahren, so heist der haven von Rom, an der mündung vom fluss Tieber, wo der alte Regulus drüber gewinselt hat wo die ihn in das fas mit Nägel drin gesteckt un ihn den hügel runtergerold ham[40]. Unser schiff hat hier n ganzen Tach Aufthalt gehabt, also hat Papa Mama & mich nach Rom rein geführt, blos elf killer Meter mitm Zug. Wir hamm uns n peters Dom angeguckt, das soll die gröste Kirche auf der weld sein.

Rom is so berrümt weil hier früher die ganzen alten Preisboxer gewohnt haben wie Julius Zähsar & Augustus, die würden Sullvan schon inner ersten Runde KO hauen. Da sin die Ruhinen vom Zirkus maximus, wo die Kladiatohren damals mittie wilde viecher gekämpft haben. Ich beschreib dir da aber nich alles har klein, weil ich schreib hier ja kein Geschichtsbuch der Anticke,

---

[40] Attilus Regulus war im 1. Punischen Krieg 257 v.Chr. von den Karthagern gefangengenommen und anschließend bestialisch zu Tode gefoltert worden: *„Die Karthager schlossen Attilius Regulus, nachdem sie ihm die Augenlider abgeschnitten hatten, in eine Maschine ein, in der überall sehr spitze Nägel hervortraten, und töteten ihn so durch Wachhalten und ständige Erneuerung des Schmerzes, mit einer Marter, die den Tätern, diesem unwürdigen Geschlecht, würdig gewesen wäre zu erleiden"* (Valerius Maximus, Facta et dicta memorabilia, 9.2.ext.1). Die „Maschine" war ein Faß mit Nägeln, und in diesem Faß wurde er einen Abhang hinabgerollt und verblutete.

es macht ein richtig fertig wenn man an die ganze fuzzis denkt wo jetzt schon bald 2000 jahre tod sind.

Aber die Katerkomben lohnt sichs zum angucken. Die sind unter Irdisch ein gegraben & führen da unter der erde durch wie die gassen innem berkwerg, & die wände sin alle deckeriert, mit Schädel & knochen von männer & frauen. Ich fänds schlimm wennich nachts allein hier drin bleiben müste, ich wär da im Stande und würd gespenzer sehn. Ich hab mich gefragt ob paar von die kleine skellette da auch mal Lausebengel waren. Ich kann nich anders, ich hab mir vorgestellt was das fürn Kahos hier in den Katerkomben gibt wenn Gabriel in sein horn pustet[41]. Paar von unsre anticke Forvahren gehn da glatt verlohren, es sei denn die ham sich ihre knochen nummeriert damitse se in der ganzen Hecktick wieder finden.

Wir wollten nicht dass sich der Pappst fernach lässig fühlt, also sin wir in den Wattenkahn rein & ham ihn besucht. Er issn vergnügter alter Mann[42], & er war anscheint überhaupt nich böse wo ich ihn gefragt hab wie viel sein groser siegelring denn gekostet hat; faßt alle andern waren starr vor schreck & ham gesacht das is ja n Sackerleg, aber ich glaub der Herr Papst hat tausend Mahl mehr von mir gehalten wie von die ganze fuzis wo ihn am großen C küssen, weil er hat mich am Kopp getätschelt & gesagt er hätt schon gemerkt dassichn amrikanischer Bengel bin so wie ich red.

---

[41] Wenn der Erzengel Gabriel in sein Horn bläst, dann ist das Jüngste Gericht da, und dann muß jeder seine Siebenknochen zusammensuchen und erscheinen. Ach du jeh.

[42] Leo XIII. war das damals. Er hatte die Beinamen „Arbeiterpapst" und „der Soziale", was schon viel sagt. Er wollte die Kirche aus ihrer Isolation herausführen und war auch politisch sehr kregel.

Ich glaub Papa braucht n Aufpasser, weil er treibt uns noch alle in Ruhin wenn er weiterhin son schnickschnack kauft. Heut hatter 40 franks aus gegeben für ein echtes Stück vom kreuz, & grad wo wir in den zug rein sind zum hier her fahren, kommt n kleiner Bengel an & sacht er verkauft ihm ein stück von dem Häs wo Julius Zähser angehabt hat wo er ermordert wurde von „Et tu Brute" für 50 franks. Papa hat gesacht okeh, & wo der Bengel weg is zum das zeuch holen, bin ich hinter ihm her & hab gesehn wie er n kleines stückchen stoff ausm hosenboden von seine unter Hosen raus gerissen hat. Papa hat den unterschitt nich gemerkt & hat ihm das gelt gegeben. Wenn wir heimkommen dann steht das dick und fett inner Zeitung drin von den Rellikwien wo Papa dem Mußeum spendiert, & dann kommen die ganze Fuzzis an & küssen den Fetzen von Julius Zähsars unterhosen. Ich glaub Jay Gould hat das auch schon spitz gekriecht, wie man auf die weiße reich wird, weil ich hab gehört er kommt nach Euer Opa mit ner neuen Dampf Jacht weil das zug geschäft nich so läuft[43]. Sags nich weiter, Jim.

Georgie.

---

[43] Jay Gould war einer der rücksichtslosesten Geldhaie in der Zugbranche. Solange er die Macht bei Erie Railroad hatte, plünderte er das Bahnunternehmen, trickste, fälschte, manipulierte, nur um Schore zu scheffeln. Da er um ein paar Ecken herum mit dem Präsidenten verwandt war und noch dazu mit einem anderen fetten Tycoon unter einer Decke steckte, wurde er vor der Justiz gedeckt. Bis er sich dann mal verzockte und seine Spekulationen ein Ende fanden. 1883, genau in dem Jahr, in dem Georgie dies schreibt, verließ er das Zuggeschäft.

Brief Nr. 27

Atehn, Griechenland

Freund Jimmy –

auf dem weg runter von Civitta Weckia sin wir an Strombolli vorbei gekommen, das is ne insel mitten im Mehr, mit nem großen berg oben drauf wo auf der Spitze n licht hat so das die schiffe nich dagegen krachen. Den nennt man den Läuchturm vom mittel Mehr. Es is noch son Ofen Rohr für die hölle wie der wehsuff, & hin & wieder kotzt er noch. Wo wir nach Mesiena gekommen sin, das liecht genau auf der streke zwischen Ittalien & Sitzielien, da ham wir in der Verne den Berg Ettna gesehen, Papa sacht das weise da oben drauf isn Schnee Kleid was der immer anhat. Ich glaub der sollte sich mal umzien, weil es is ja nicht so gesund wenn man nasse klammotten so lang an hat. Die Gegen um Messiena rum is da wo die ganzen saueren Oroschen her kommen, da isses hügelig & in die gärten kann man rein, ich bin an lant gegang mit dem Postschiff, wir hatten nich Meer wie zehn minnuten aufn thalt, aber wo se mich wieder Anbord geholt ham, da hamse gedacht die küstische Kohlera hat das Schiff befallen, mir wars so schlecht, ich glaub ich wär diesmal hopps gegangen wenn da nich der Brandie gewesen wär wo man mir eingeflöst hat. Mir isses erst wieder besser gegangen wo wir hier angekommen sind. Das näxte mahl wenn ich Oronschen von Messiena ess, dann hör ich auf bevor ich vierzich stücker intus hab.

Pürreeus is der Hafen von Atehn, das is die hauptstatt von Griechen land, & s is ne insel wo mitten im kriechischen Arche Pehl liegt. Wir sin mit dem zug innie statt un dann zum Hotel.

Die kriechische männer ham unheimlich witzige klammoten an, die jacken sin voll mit stickereien & dann hamse weise röckchen an wo grad mal bis zum kni gehn, genau wie die tussis wo im Ballett tantsen, & nackige beine & halb Schuhe, & n un heimlich riesiges Schwärd wo aussieht wie ne Heu sichel wo über ihre schulter baumelt.

In Atehn gibt s wahnsinich viele Ruhinen wie in Rom, bloß sin die hier ruhinierter. In der mitte von der statt isn riesiger vier eckiger Erdhaufen, der heißt der Ackeropollis, & obendrauf sin die Ruhinen vom Partenon Tempel, wo die alten Kriechen da- mals hin sind zum die Predickten von die Deakone hören. Jetz sin das alles blos noch Ruhinen, aber früher mus das mal ne un- glaublich noble kirche gewesen sein, wo manse gebaut hat, weil vor der tür steht ungefair n Duzzen frauen aus Marmohr wo unser Führer gesacht hat das sin die Karren Attiden, wo die Veranda aufm Kopp tragen. Ich hab zum spas paar steine den ab hang vom Ackropolliss runter geschmissen zum gucken wie schnell die unten ankommen, da is plötzlich n Trub Soldaten angerückt & wollt mich verhafften weil ich die Ruhinen schände, & Papa hat die schmieren müssen zum mich los Kriegen. Ich hab gedacht die freuen sich wenn mal einer den ganzen alten klump weg schafft wo hier überral rumliecht.

Jetz hab ich mich wieder inne nesseln gesetzt. Ich bin grad durchn park geschlendert, da seh ichn bengel wo so groß is wie ich auf nem wellotziped, der schneidet mir Krimassen & ruft mir kriechische Schimpf Wörter nach. Ich hab gesacht halts maul, a- ber das hat nix genützt. Am ND hab ichs nich mehr aus gehalten, also bin ich zu dem hin & hab ihmn Nasen Stüber verpaßt so dass er geblutet hat. Wo er das blut weggewischt & hochgeschnievt hat, hab ich mir das Wellotziped geschnappt fürn aus Flug, & dann hab ich schon wider n Trub Solldaten gesehn wo hinter mir

her is, also bin ich mit dem ollen dings mit Karracho davon ge-
brettert & hab n alten knakker übern haufen gefahren wo nich
schnell genug gerafft hatt dasser mir aus weicht. Warscheinlig
wär ich endwischt, wennich nich in den Tempel von Teesäus
reingerast wär wo grad aufm weg lag. Da hamm mich die soll
Daten dann ein gehohlt & vor König Georg geschleivt weils dem
sein sohn war, der Prinz, wo ich den nassen Stüber verpasst hab.
Ich hab dem gesacht wies wahr, ich hab ja nich gewusst dass ich
mir die Pfoten mitter Krohne beschmutzt hab.

Papa fängt schon wieder an mitte Schnallerei, diesmal hat
er ner frau n hantkuss gegeben wo er gedacht hat die macht ihm
schöne oogen weil se sich mitm fächer zugefächert hat. Er hat
sich end schuldigt wo er raus gegriecht hat das is Königin Olga,
& Mama mußte sagen er is n bißchen gaga, sons hättense Papa in
Knast geschmissen weil König Georg war wanzinnich wütend.
Morgen faren wir ab innie türkei.

Ganz liebe grüse, dein
Georgie.

Brief Nr. 28

Konstantinnopel

Lieber Freund Jim –

wir ham n anderen Dampfer bestiegen & sin hierher, über die Dardanellen, bwz Hellespund, wo Byorn durchgeschwommen is wo er noch gelebt hat, und wose unheimlich riesige Kannohnen haben wo 81 tonnen wiegen, das ganze ufer lang, auf jeder seite, damit die russischen Krieg's schiffe wissen was ihn blütet wennse mal hier durch zwitschern wo se nix verloren haben. Dann sind wir das Marmahramehr geschippert bis wir am Phosphorus & am Goldenen Tor angekomm sin, das liegt direkt vor konstantinopel. Auf dem weg dahin ham wir den Pallas vom Sultan gesehn wo Serrai heist, & die rutsche wose die tüppen wo se los werden wollten ins Mehr ham plumpsen lassen, 1gebunden in ein sack so dasse nich abhauen können.

Die Statt von Konstanntinopel is fast so groß wie der nahme selber, wenn man an Land gegangen is dann geht's ne straße aufwärz wo blos aus Steinstufen besteht, weil die ham da überhaupt keine strase für kuttschen, befor wir ins Hotel im euer opähischen Viertel sind.

Das erste was wir gesehn haben waren die kirchen, wo hier Morschehen heißen. Die sinn rund & jede hat vier oder fünf hohe türmchen wo Minnerette heissen mit Geländer obenrum. Ungefair n halbes duzzen mahl am Tach guckt n mohammedanischer

Faffe mit grüne Knickerbocker & rauchmütze[44] da oben raus &
sagt unheimlich laut: „Aal aha, Aal aha!", un dann fallen alle türken auffe knie & fressen staub. Da gips anscheint gar keine
schein Heiligen bei denen, weils denen egal is wie man rum läuft
oder ob der Tüp neben einem n bettler odern millionehr is, wie
das in der Regeljohn bei uns is, wo die wo kein gelt haben hinten
sitzen müssen.

In jeder strasse wo die Türken wohnen, gipts ne zucht fabrick für gelbe Hunde, so daß auf jede fammilie im schnitt zehn
gelbe tölen kommen, & fünf frauen pro Man. Ich glaub die ganze
Tölen müssen maut zahlen, weil die liegen immer queer auf der
strase rum wo nich breiter is wie der hund lang, & behaupten so
eisern ihr recht dasse sich nich mal dann trollen wenn man mit
nem Knüppel an rückt. Ich hab zum spaß n paar von denen anne
schwänze zusammen gebunden, aber da is schon ne meute türken
auf mich los & wollt mich verdreschen. Ich bin ja noch nie auf
die idee gekomm daß man son räudigen gelben köter noch zu
was anderes verwenden kann wie daß man ihn an ne Mageriene
Fabrick verkauft, daß die Butter draus macht, oder an ein metzker
wo ihn verwurstet.

Die Türken laufen rum die die Kriechen, blos dasse weiße
knicker Bocker anhaben stadt röckchen, und alle hamse so kleine
rote Mützen auf. Sie machen nix anderes wie in Kaffee häuser
rumsitzen & kaffe trinken wo zäher is wie matsch & Hucka rau-

---

[44] eine smoking cap, eine Rauchmütze, trugen die Gentlemen im viktorianischen Zeitalter, wenn sie sich im Rauch- oder Herrenzimmer trafen, um
zu schmauchen. Dazu gehörte auch das smoking jacket, was keine Smo-
king-Jacke ist, sondern schlicht das Haushäs. Wilhelm Buschs Balduin
Bählamm trägt das Ensemble zum Dichten. Das Rauchmützchen sollte
verhindern, daß die elegant pomadierte Frisur der Gentlemen nach Rauch
stinkt. Es hatte die Form eines türkischen Fezes. ☺

chen, das is ne große glas Flasche mit nem feifen Kopp als kor-
ken. Sie hocken mit gekreuzte beine aufm Boden & jeder hat son
langes ding wo aus der Flasche raushängt wie n schlauch mitner
öffnung vorne, das nehmen die als feifen Stil. Ich hab den fast ne
stunde lang zugegukt, & wo einer die feife gestopft hat hab ich
bischen schiss pulver dazu gemogelt. Kurz drauf wose alle wider
am rauchen waren, gabs ne un heimlich laute Xplosjon wo die
ganze Türken nach rechts & Links ausnander gesprengt & die
Hucka in zick tausen teile zerdeppert hat, & wo bis rüber zu dem
hotel gestaubt hat wo Papa & Mama loschieren, weil ich hab mir
dann überlecht dass meine Geselschafft wohl nich mehr länger
erwünscht is wo die türken rauchen. Das wars für heute dein
freund

Georgie.

92

Brief Nr. 29

Konstantinopel

Mein kristlicher freund –

heut hat man Mama & mich eingeladen zum ein Haarem angucken wo einem von die Paschas gehöhert wo so um die zwanzig frauen hat. Die sin da unheimlig wählerisch wer die frauen sehen darf, & Männer dürfen da gar nich rein außerdem pascha selber. An mir hamse sich anscheint nich gestört, weil ich bin ja noch klein, also durft ich mit Mama da rein. Mann mus durchn Bogengang durch, & dann is man inner Mitte vonnem viereckigen vor Hof, mit drumrum lauter Fenster. Ein haufen Nigger Frauen sin rausgekommen zum hallo sagen & ham uns zum haupt Zimmer bekleitet. Wenn mann da reinkommt isses klasse, &s riecht wie inner Perfühmerie wenne flasche Ode Kolonje kaputgegang is. Die Frauen sitzen alle rum mit gekreuzte beine, rauchen zikretten & essen kekse. Sie ham lange Pluder Knickerbocker Hosen an wo man an den Knöcheln zu knöpft & n kurzes röckchen da drüber. Alles wasse an haben is ganz wunderschön bestickt. Wennse auf die strase rausgehn zum reiten oder rum laufen, dann kriechense von ihre Männer grose weise Stoff Lappen wose übers gesich tun, damitse niemand scheene oogen machen. Jeder pascha hat ungefährn duzzen feste Frauen & so um die zwanzig zu sätzlige. Die Mormonen sin n Witz verklichen mit den türken, was frauen bedriftet[45]. Mich hat man dann in die

---

[45] Die Mormonen, eine christliche Gruppierung aus den USA, proklamierten damals noch die Polygamie. Seit 1890 haben sie sich davon aber offiziell abgewandt.

93

kinder abteilung rein geführt, da sin über hundert türkische jungs & mädels drin wo alle zu einem pascha gehöhren. Par von den mädchen waren echt nett, & s hat spass gemacht zum mit denen spielen. Die sin wirklich erste sane, aber so balt se 10 sind wern se verheierratet. So lang ich in dem Haarem drin war, hab ich zu mehr als nem duzen mädchen gesagt dass ich sie liebe 8e und ehre.

 Die Läden in Konstantinopel sinnich wie bei uns. Mann nenntse Bassare & s sind eintlich bloß öffnungen an den seiten von die häuser dran, die ganze enge straßen runter wo n Dach aus matten drüber gespand is. Jede Brosche liecht inner sepperaten strase, also wennste zumbeispiel n paar Schuhe brauchs dann mußte inne Schuhstraße gehn beforde se kaufen kanns, & wennste da angekomm bis dann mußte vileich durch hundert verschittne schuh läden durch bis de endlich zu dem komms wo die sorte schuhe hat wo du wills. Wir sinn runter an die anlege Stelle & ham dem Sultan zugeguckt wie er in die kirche geht, heut morgen inner St. Sophie Morscheh. Er fährt innem riesigen Kanu wo auf jeder seite ungefär vierzich fuzzis sitzen un rudern, das heck is ganz aus schnitzereien & gold, & das innere wo der sultan drin sitzt isn dampf kessel so dasse jedem versuch standhalten können wo vileich einer unter nimmt zum den Türken Boß übern jordan zu jagen, bevorse überhaupt soweit sind.

 Der teil von der statt wo am wasser liecht is der wo die Griechen leben. Wenn man kein magen Leiden hat dann kann mann da ruich mal rüber gehn. Ne gebalte duftwolke ausn abwasser Kanälen isn dessen Feckzions Mittel verklichen mit dem arroma wo einem da die milde brise innie Nase weht. Die griechen sin Kristen, aber bei manche sachen sinn se wahnsinnich aber gläubisch. Sie ham zum beispiel panische Angs davor dass ihre Haut mit wasser in berrürung kommt, deshalb waschen se sich nie. So zweemal im jahr treibense bischen sport & dann fangen se an zu schwitzen, wo durch die schuppen auf ihrem Körper weich wern & dann könnse se abziehn. Da müssense dann wansinnig auf passen dasse den richtigen zeit Punk erwischen, denn wenn man den belag zu plötzlig entfernt kriecht man ja Räumertißmuß. Die türken sin Heiden, & nach dem was unser Farrer sacht, sinse wertlos solang se nich konwertieren, aber ich glaub fast Petrus würd lieber n gesunden türkischen Heide an seiner Pforte begrüsen wie son griechischen Krist wo er sich die nase zu halten & auf seine brivtasche auf passen mus wenner den in die erste Reie geleitet. Ich will in meinem ganzen leben nie son Mist Johnars Verein unterstützen weil ich denk das Cristentumm bringt den Heiden zu viel Hassung bei.

Herzlich, dein
Georgie.

Brief Nr. 30

Alexandria, Ägüpten

Lieber Jim –

wir ham den dampfer nach Alexandria in Egüpten genommen & sin gemütlich die klein aasische Küste runtergeschippert. Wir ham in Smierna Halt gemacht wegen Kohlen & konnten auch mal inne statt rein zum uns das Krab von Polly Karp angucken wo damalsn Merrtürer war. Die Strasen von Smirrna sind hübsch und sauberer wie die in Konstantinopel, & die ganze küste lang sin französische Kaffees & tanz Lockaale. Wir ham keine zeit mehr gehabt zum noch zu Dianas Tempel fahren wo nich weit weg is von Smirna, aber ich glaub da is die uns nich böse wennse erfehrt dass unser schiff da nich so lang aufn Thalt hatte.

Wir sind an Türos & Sidon vorbeigekommen wo man ja aus der Biebel kennt[46], & hatten auch ne gute ausicht auf den Fels wo Jonas sein Wahl Zicken gemacht & ihn ausgekotzt hat. Wir ham „bei Ruth" vorbei geguckt wo an der küste von sürien liegt. Bevor wir an Land sind, issn haufen Türken aufs schiff rauf, & ein alter Heini is zu uns her gekomm sobald er raus gehabt hat dass wir Ammrikaner sind, & hat uns n Endfehlungs Schreiben gezeicht das so gelautet hat:

„Dies is Joe Irisch, jetzt kennt ihr den, das is n Tollmätscher, und ich kann ihn mit bestem gewissen weiter endfehlen als so ehrbahr wie die meisten von seine Lanzleute.

---

[46] Tyros und Sidon sind bekannte Städtenamen im Alten wie im Neuen Testament. Heute heißen sie Sur und Saida und liegen im Libanon.

Mark Swain

Einer von den arglosen wo durch Euer Opa reiste."[47]

---

[47] Dieses „Endfehlungsschreiben" ist natürlich ein kleiner Seitenhieb auf einen Schriftstellerkollegen, der auch mit humoristischer „Bad Boy"- und Reiseliteratur bekannt wurde: Mark Twain. Er war 1867 durch Europa und den Nahen Osten gereist und hatte über diese Reise das Buch THE INNOCENTS ABROAD (deutsch: „Die Arglosen im Ausland") geschrieben, das 1869 erschien. Daß er auf dieser Reise einen Dolmetscher und Reiseführer (Dragoman) hatte, dem er dann dieses Empfehlungsschreiben ausstellte, das dieser dann 16 Jahre später Georgie Hackett und seinem Vater zeigt, als die dort vorbeikommen, wo Mark Twain einst war – das ist eine kleine, feine, fiktive Verbindung zwischen zwei sehr populären Autoren und ihren genauso populären Hauptfiguren, Tom Sawyer und Georgie Hackett. TOM SAWYER'S ADVENTURES war 1876 erschienen, und mit der Fertigstellung von THE ADVENTURES OF HUCKLEBERRY FINN, das erst 1884 herauskam, hatte Mark Twain Probleme. In dieser Zeit, 1880, erschien Georgie Hacketts Tagebuch A BAD BOY'S DIARY und verkaufte sich millionenfach, wurde in zig Auflagen gedruckt, wurde als *funniest book ever written"* rezensiert und fand weltweit begeisterte Nachahmer. Auch Mark Twain las es, bezeichnete es aber als „witzlosen Schund", den er „nicht mal für eine Million Dollar hätte schreiben wollen" (in einem Brief vom 19.9.1882). Neid, Mißgunst und Grimm darüber, daß eine Frau (!) mit einem Buch Weltruhm erntete, während er selbst mit einem ähnlichen Konzept feststeckte, klingen hier deutlich mit, denn der „witzlose Schund" von Metta Victor war das wesentlich erfolgreichere Buch, und daß es mitnichten „witzlos" war, zeigt ja auch die Tatsache, daß sich „Little Georgie" genauso in den Köpfen seiner Zeitgenossen einnistete wie Tom Sawyer und daß auch Georgies Abenteuer fortgesetzt werden mußten aufgrund der hohen Nachfrage. Außerdem wurde in Georgies DIARY das vorweggenommen, was in HUCKLEBERRY FINN wieder aufgenommen wurde: das Schreiben im Slang und ohne allwissenden Erzähler. – Ich glaube aber nicht, daß Metta Victor ihren Kollegen hier düpieren wollte. Als Frauen- und Menschenrechtlerin und vor allem als der erfolgreichere Teil konnte sie ganz entspannt die „Konkurrenz" lesen. Mark Twains THE INNOCENTS ABROAD hatte ihr wohl schon gefallen, deshalb erwähnt sie es hier. Georgie

Joe war echtn klasse Tüp, auch wenn er Papa zimmlich viel ab geknöpft hat fürn pahr stunden an Land in Beiruth.

Er hat uns ne Karrawanne Kameele gezeigt wo nach Damaskuß geht. Das waren ungefair zweihundert stücker, alle bepakt mit Bündel & kisten. Kammeele sin sowieso komische Viecher, die schultern bei denen sin ein riesiger buckel wo fast den hinter Kopf berürt. Die beine sin lang & unten sin Füße dran wo kein schuhmacher außer den schicksten von Chikago mit passende schuhe versorgen kann. Wenn man sone karra Wanne auffer strasse trifft, dann muß man sich in nen Laden zurückziehn zum se vorbei lassen, für beide is kein platz, & Kammele ham immer vor Fahrt. Wir sin hoch ins College, das wird von ammrikanische Misteonare geleitet & is eigentlich ne ganz gute sache. Die machen da aus den 1heimischen Faffen & ärzte, un die bekehren dann die Arraber & könn die so auf ganz moderne weisse los wern. Ein Arraber is einer wo inner ganzen Wüste rumreisst mit nem duzzen verschiedene kanonen & messer, außer seinem großen schwerd. Es isn zwischen Ding zwischen Bufflo Bill & Jesse James blos dasser n rotes rauch Mützchen aufhat & rumläuft wie die Türken. Kurz bevor wir wieder an bord vom Dampfer sin hat uns Joe Irisch noch die Solldaten lager gezeicht. Die türkischen Soldaten sehn nich schlecht aus & alle hamse sone alten Musketen wo wir auch hatten zum die Engländer verkeilen, 1812, sie sinn wahnsinnich stolz auf ihre Knarren.

Wir sin aus bei Ruth abgefahren & heut morgen heil & ganz hier angekomm, & morgen geht's nach Kairo. Wir sin noch rumgefahren & ham uns das angeguckt wo die Engländer die

---

Hackett, Tom Sawyer und später auch Huck Finn amüsierten sich jedenfalls gemeinsam auf dem Literaturolymp. Und 1894 durfte Tom Sawyer dann auch in die Wüste: in TOM SAWYER ABROAD.

Statt bombardiert ham[48]. Ich finds ne schande dass die so viele schöne häuser kaput machen, aber s is halt einfach so daß die Engländer immer alles Haben wollen. Die würden sogar ne Armee in Himmel schicken wenns da was für sie zum erobern gäb.

Dein freund
Georgie.

[48] Im Sommer 1882 hatte eine britische Flotte Alexandria bombardiert.

Brief Nr. 31

Alexandria, Egüpten

Lieber Jimmy –

Alexandria is berrümt für so vollblütige Esel wie Kwien Victoria, Garnet Wollsley[49], Chet Arthur[50], Guvner Cleveland[51] & Sammy Tilden[52]. Die fuzzis wo dabei sin setzen ein rittlinks auf einen drauf & dann mus man so in die statt rein reiten, sons staut sich die ganze geschichte hinter einem. Ich bin aufm Ex Senator Dorsey[53] geritten, der hatte n weißen stern am Kopp dran & war anscheint zimlich müde, aber ich & die helfer wo mit knüppel hinter uns her sind, ham ihn beilaune gehalten, & ich fand ihn ganz okeh. Papa hatte nich so viel glück, den hamse auf ein gesetzt wo Demokrat hiess, der hatte wohl was gegen Papas kandidatur & hat sich ehren amtlich betätickt & Papa über die Ohren geschleudert wie wenn er ihn den Salt River rauf schmeißt. Mama war besser dran im Sattel von Susan B. Antonie[54] wo anscheint von Frauen rechte überzeugt war & ganz braf ins hotel gezockelt is.

---

[49] Garnet Wolseley war ein britischer Feldmarschall und Oberbefehlshaber bei diversen britischen Kolonialkriegen.

[50] Chester Arthur war von 1881 – 1885 Präsident der USA.

[51] Grover Cleveland war der Nachfolger von Arthur als Präsident, von 1885 bis 1889, und dann nochmals von 1893 bis 1897. Er war der erste Demokrat nach einer langen Reihe Republikaner.

[52] Samuel Tilden war der demokratische Kandidat bei den Präsidentschaftswahlen 1876 und ein wackerer Reformer.

[53] Stephen Dorsey war Senator von Arkansas. Republikaner.

[54] Susan B. Anthony: amerikanische Frauenrechtlerin.

Wir sin dann mit dem zug nach Kairo & kamen durchne Land wird schafft's Gegend durch. Den dampf Flug ham die da noch nich. Mit dem ackerbau machen die das so: So zwei Männer ham fünf morgen land, & einer fängt dann an Neujar mit nem gebogenen stecken auf einer seite vom hof mit flügen an, & sein Partner kommt hinterher und seht, & dann noch die frauen wo beim erndten helfen. Und wenns dann wieder neujar is, dann is der eine am ende vom Hof angelangt & kann mit dem flügen wieder von vorne anfangen, es sei denns gibt krieg, dann dauerts zwei Jahre statt eins bis die mit ihre fünf morgen Land durch sin.

Kairo is ne große statt aber ziemlich altmodisch, mitn haufen Morschehen &ner riesigen Burg wo früher die Kedife[55] drin gewohnt ham bevor sich die Engländer alles untern nagel gerissen ham. Wir sinn zum Nil raus gefahren wo unser Leerer inner sonntags Schule ja gesagt hat der is voll mit Krockerdiele wo die Bebis fressen wo die Weiber in den fluss schmeißen, aber ich glaub irgend jeman hat ihn ausgestopft weil ich hab überhaup kein Krockerdiel gesehn & auch kein Nigger bebi kein Platz im wasser.

Wir haben die Pürramiden gesehn und die Finks, aber nach allem was ich dadrüber gelesen hab war ich schon entäuscht, weil die Püramiden sin blos giggantische Steinstufen wo nach oben führen bisse zu ende sind, & n haufen eggüptische Zeichen sin da drauf wie KAUFEN SIE ST. JACOB'S OIL, wo Papa gesacht hat das waren die letzten worte vom alten König Fahrer-Oh wo von seinem Räumertismuß geheilt worn is[56]. Papa sacht s gibt Läute die

---

[55] Khedive. Ein heute eher vergessener osmanischer Titel.
[56] St. Jacob's Oil ist eine englische Schmotze gegen „Rheumatismus, Rückenschmerzen, Ischias, Verstauchungen, Schrammen, Verbrennungen, Wunden, Schwellungen, Frostbeulen, Neuralgie". Steht auf einem Wer-

fahren tausende von Killermeter her blos zum die Finx sehen aber die müßten blos ins Pallerment in Boston gehn & sich da den Guvner angucken un sich dann vor stellen daß man sein Kopp aus nem grosen stein raus haut, & schon haste n korrektes abild vonner Finks[57].

Wir ham uns auch das Krab der könige angeguckt, das is ganz aus aller Baster, da hamse die über Bleibsel vonne Könige als Mumien konserviert, aber die sehn schon ziemlich ausgetrocknet aus. Die armen! deren ihre mütter kennse ja gar nich wider wenn der Letzte tag da is.

Papa hat schon wider in schnickschnack infestiert, dismal isses n ziegel wo die Juden gemacht ham wo sie noch Sklafen waren, undne schilph binse wo in Moses seiner wiege drin war wo er mit dem Bot los is & wo sich die Tochter vom Fahreroh dann in ihn verknallt hat.

Ägüpten is reich an geschichtliche sachen, aber viel geld kann mann mit geschichte nich machen, deshalb sinnie meisten leute furchbar arm, auch wenn paar sich orntlich was verdienen können wennse solche fuzzis treffen wie Papa.

Wo wir wieder in Alexandria angekomm sind war da grad n schiff wo nach Barzellona in Spanien fährt, also hat Papa gesacht das wär perfeckt. Weil von da könn wir dann auf den Dampfer nach Boston. In Alexandria is noch so eine von Frau Klopatra ihre Nadeln, wie die wo wir in Paris gesehen haben, aber die is schon zimlich rostig. Heut abend segeln wir ab also tschüß Jim.

Dein
Georgie.

---

bewisch von 1892. Der so wohl auch auf den Pyramiden plakatiert wurde. Ägypten war ja damals unter britischer Fuchtel.

[57] Die Rede ist hier mal wieder von unserem Beauty-King Benjamin Butler.

Brief Nr. 32

Barzelona, Spanien

Lieber Freund –

das wahr ne wirklich schöne fahrt das mittel Mehr hoch, wir ham blos einmal in Waletta halt gemacht auf der Insel Malta wo zu England gehört & wo die zentrale von die Frei Maurer is wo die die ganze Geissens an pflanzen wo man in den Loschen braucht zum grüne Fuzzis produtzieren wo mitmachen wollen[58].

Heut war sonntach, also sin wir zum zirkus raus & ham uns den Stier Kampf angeguckt. Das isn großes rundes gebeude, mit so nem halben duzzen gallerien. Es hat kein Dach blos ne Plane da wo der Pressedent & sein anhang sitzt. Die restservierten Plätze wo die ganze schickimickis wie wir sitzen, sin da wo keine sonne scheint. In der mitte von dem gebäude isn großer runder Platz wie die Zirkuß Mannesche, blos bischen größer wie

---

[58] Es ist ein alter Mythos, der aber nicht wahr ist (er wurde dazu benutzt, das Freimaurertum lächerlich zu machen), daß jeder, der aufgenommen werden will in die Freimaurerloge, sozusagen als Mutprobe auf einer Ziege reiten muß. Grün ist dabei die Farbe eines Grades der Freimaurerei. Allerdings bringt Georgie hier, wie ich vermute, Freimaurer und Malteser durcheinander. Ich habe hier „Geiß" benutzt, um dem Wortspiel Georgies gerecht zu werden - er redet nicht nur von „goats" (Ziegen), sondern von „Willyum Gotes" – William Goate war ein britischer Stabsgefreiter, der von der Queen 1858 eine Tapferkeitsmedaille erhalten hatte. Also: auf Malta wachsen nicht nur die Freimaurer-Ziegen, sondern auch solche Schafsköpfe wie William Goate, die man braucht zum königstreue englische Fuzzis produzieren wo in den Kriegen mitmachen wollen. Oder eben solche Schafsköpfe wie die Geissens wo man braucht zum trashsüchtige TV-Junkies produzieren.

bei Barnum, & drumrum is ne hohe mauer mit tür drin wo die Stiere & ferde reinkommen. Wir sin unten gesessen an der ecke von der Mauer, aber nich allein weil da wahren so 20.000 Läute in dem gebeude drin. Die Kappelle hat gespielt, & dann is der Präserdent mit par schöne weiber rein gekommen. Dann ham n haufen fuzzis mit Trompeten da so laut rumgeblasen wie wennse n Reckerment Soldaten zur schlacht aufrufen. Dann is die tür auf gegang, & so zehn ferde mit reiter drauf, mit große Hüte & lange lanzen, sin reingekomm, & hinter denen so vierzich andre Tüppen mit grüne un rote seidene strumpfhosen jeder mit einem Tuch wo auf der einen seite Rot & auf der annern gelb wahr. Die sinn dann da ne weile rum maschiert & ham sich dicke getan, bis die trompeter mit ihrem Gedudel durch waren. Dann is die tür wider aufgegang, &n riesiger schwarzer Stier is reingekomm & hat ausgesehn wie wenner gleich wütend wird, weil die Futzis mittie rote Tücher ham ihm die ins Gesich geschmissen. Ich glaub der Herr stier mag Rot nich so gern, weil ihn hat das so rasent gemacht daß paar von den fuzis auf die Mauer drauf gesprungen sin damitterse nich auf die hörner nimmt. Dann hatter eins von die Ferde gesehn & is da drauf los, aber ich glaub der Tüpp hat ihm mitter lanze in Nacken gepickst, weil er hat sich rum geschmissen wieder blitz & hat kurz drauf n andres Fert mit reiter ins Wissier genomm & mit denen kweer durche ganze Mannesche fußball gespielt, der reiter hat sich da zimlich schwer verletzt weil die ham den dann raus getragen, & so viel ferde fleisch lag dann überral rum daß die hehres Lifferanten ihre gullasch Kannohnen vollgekriecht hätten. Der Stier hat weitergemacht mit die Sause bis 3 ferde tot waren. & einem von die reiter hatter ne Kratis Farkarte übern jordan rüber besorcht. Dann hatten die Fuzzis auf die Ferde genuch & sin raus, & die anderen haben ne menge Stecken gekriecht mit hacken vorne dran & ham gewartet bis der stier direckt vor ihnen war & ham ihm dann n paar von die stecken in Nacken geschläudert, & dann sinse ab gehaut wie von wilden affen gebissen, was den Stier wahnsinnich wütend gemacht hat.

Die Fuzzis ham ja keine anung wie das geht, also hab ich gedacht ich erteil den mal ne Leckzeohn, & ich bin innie mannesche runter gejuckt & hab gewartet bis es so weit wahr & hab dann den Stier an Hörnern gepackt & mich auf sein Nacken gesetzt. Ich glaub vorher hat man den noch nie als gesatteltes fert benutzt, weil ich mußt mich schon ganz orntlich fest halten damitter mich nich runter schmeist. So langsam is mir doch die muffe weggesaust, aber da isn Futzi mit nem gans langen Schwärd angekomm & hat dem Stier Krimassen geschnitten, & der stier is auf ihn los, & wo er genau vor ihm war hat der futzi dem Stier das schwerd zwischen die schuldtern genau ins Herz rein geramt und er viel um & war tod.

Ich glaub die Läute ham gedacht wunder wie Tapfer ich bin, weil die ham gebrüllt & n haufen Blumen & zeuch auf mich runter geschmissen, & dann hat der Pressedent n offenzier nach mir geschickt & hat mich gefracht wie ich heis & woher ich komm. Wo ich ihm gesacht hab ich komm aus Ammerika, da hatter der Kappelle bevohlen dasse „The Star Spangled Banner" spielt[59], & die weiber um ihn rum ham mich um armt & abgeküßt bissich fast erstickt wär. Ich hab den dann erzählt wie du & ich immer stierkamf gespielt haben, hinter unserm haus, mit der alten geschäkten Q wo keine milch mehr gegeben hat weil wirse so wild gejagd ham.

Der pressedent hat mirn ganz schicken Ring geschenkt & Mama & Papa & mich eingeladen zum morgen mit ihm in sei-

---

[59] Damals war das übrigens noch nicht die offizielle Nationalhymne.

nem hause speißen. An dem nacht Mittag waren noch sex weitere kämpfe, & 7 stiere & 12 ferde waren dann tod.

Dein freund
Georgie.

GUD IX 13.10.12

Brief Nr. 33

Lieber kumpel Jimmy –

bevor wir aus Barzellona abgereißt sin ham wir uns noch
die werk zeuge an geguckt wo die damals in der Inkuisitzion benutzt haben, zum leute dazu bringen dasse zeuch erzählen wasse
eigentlich nich erzählen wollen. Da gips ein Ding mit löcher drin,
& wenn einer da sein Kopp rein gesteckt hat dann ham die das
über seinem Genig zu gemacht so dasser nich mehr rausgekommen is. Dann is da ne grose Frau aus Eisen wo man ein Mann
reinstellt damit er umarmt wird, wenn er nich die Rellejohn an-
nimmt wo die ihm bevehlen. Das innere is voll mit lange Nägel,
& wenn da ein man rein gestellt wird, dann geht's zu & die nägel
gehn durch ihn durch. Das hamse aber nur für die ganz hoff-
nungslose Fälle verwendert. Es gibt da furchbahr viele Vollter
Instermente, da gefriehrt einem das blut inne adern wenn mann
sich das vorstelt. Der Tüpp wo uns rumgevürt hat is dann runter
zum den Kipper anschalten damit wir sehen wie der funkzeoniert.
Papa hatn eisernen käfich gesehn & hat mich gefracht was das
sein soll, ich hab gesacht ich glaub das isn Lift, also isser da rein
gestiegen, & bevor er wieder rausgekomm is isser in Keller runter gefahren, ich hab gedacht alles klar aber dann ham wir gehört
wie Papa schreit & brüllt, & der führer hat den lift angehalten &
is hoch gewetzt zum gucken was los is. Kaum hatter gesehn das
Papa weg is, da hatter auf spanisch gesacht: Gott in der Höhe,
jetz isser ertrunken. Dann isser ab geprescht wieder blitz & hat
den lifft wieder angeschaltet. Papa is nich ertrunken, weil er mit

dem kopp gar nich unter wasser wahr, aber er wollte unbedink handels Einich werden mit nem fuzzi mit Dampf reiniger zum den schlamm von seine klammotten runter kriegen. Das näxte mal kennt Papa dann den unnerschitt zwischen nem lift un nem kipper.

Gestern morgen sin wir mit dem Dampfer aus Barzellona abgefahren, nahe anner Küste endlang, & sin dann noch bei Malaga vorbei gekomm, das is da wo die ganze grüne trauben herkommen. Euer Opa war auffer einen & Affrika auffer andern seite, & dereckt vor uns war son riesiges schwarzes ding wo ausgesehn hat wie der Eingang vom Onion Deppot, blos halt fiel größer, & es is immer noch größer und größer geworden bis wir genau davor gestanden sind. Das war der Felsen von Gibralter wo die Engländer den Spanniern geklaut ham, genauso wiese uns Ammerika klauen wollten.

Das hintere von dem Felz is ganz grade, mit nem haufen Kannohnen & nem Fahnenmast wo aufn gipfel drauf montiert war. Wenn man nach vorne kommt dann sieht man die statt wo eingemauert is & von englische solldaten bewachtet wird, & so 2000 große kanonen wo überral rumliegen damitse überral hin schissen können. England behauptert dass Gibraltar der schlüssel is wo das mittel Mehr ab schließt, aber ich find der schlüssel wird so langsam gans schön rostig, jenfalls seid die Amrikaner den torpedo erfunden ham. Ich bin auf nem esel zur obersten Artellerie Abteilung & zu der alten Mohr Burg geritten & hab die ganze haupt Atrackzeonen geseen.

Papa & ich sin rüber zum dem Genneraal unseren Respeck zollen, & solang Papa & er schampus gesoffen ham, hab ich zur obersten Artellerie Abteilung hoch tellerfoniert & den soldaten da gesacht dasse sofort runterkommen & beim Generaal antreten sollen, & dann hab ich mich mit den Offenzieren in den Kasser-

nen verbinden lassen & denen gesacht dasse mit ihre Reckemen-
ter auf der Stelle in vollem Wix antreten sollen. Kurz drauf wahr
der Platz vor dem haus gerammelt voll mit Soldaten, & der gennerahl hat gefracht was denn da los is. Die Ofenziere ham ihm
gemeldet daß man se an telfonniert hat, & da hatter spitz gekriecht das ich das war, & hat gelacht & die soldaten endlassen.
Aber wo dann die Fuzzis von der höxten artelerie abteilung an-
maschiert sin, da is ihm das lachen vergangen, weil er hat doppelt
soviel wachen an geordnet sollang ich hier bin, & hat gesacht ich
hab ihm jetzt mehr scherereien gemacht wie alle arraber & eggü-
pter zusammen. Aber s wahr schon ne Schau dass man mal die
ganze solldaten in vollem wix gessehn hat.

Heutabend verabschitten wir uns von Euer Opa weil wir
mit dem Dampfer nach Boston fahren. Ich schreib dir wenn wir
da sin.

Dein
Georgie.

Brief Nr. 34

Boston, Mass.

Lieber Jim –

die fahrt übern Atlantick war klasse, bis wir vor der küste
von neu pfundland nich weiter gekommen sin, weils war Nebel
& da sin wir dann drei tage festgesteckt bis die sonne wider raus
gekomm is. Die kohlen sin langsam knabb geworden, also hat
der Käptn auf Hallifax geschifft was die offizielle bezeichnung is
für Hölle[60], in Neu Schottland. Hallifax is ne zimblich große statt
& hat den besten hafen von ganz Ammerika. Die befölkerung is
berrümt für ihre blaue nasen, die gefrieren im Winter & kriegen
nich genug Sommer zum wider Auftauen. Wo wir am kai gelandet sin, sin Papa & Mama & ich zunem platz gegangen wo Wasser Straße heißt weil alle Läden sin schnapsläden, & da brauchen
die ja auch bischen wasser dazu zum mischen. Wir ham da kleise
gesehn also ham wir gedacht wir warten einfach mahl & nehmen
dann die ferde Tramm inne statt rein, weil die is noch so zwei
kilmeter weg, aber wascheinlig wären wir noch am st. Nimmer-
lein's tag da rumgestanden wenn unsn futzi nich gesacht hätte
daß die bahn gesellschaft vor fünfzen jahren bleite gegangen is.
Das statt Zentrum is ganz lebhaft, blos riechts da furchbahr nach
fische, weil Hallifaxx is bekand dafür dass man da Meer fische
fängt wie sonzwo. Da issn zimmlich hoher Hügel wo man Zit-
terdelle nennt, grad hinter der statt; der wird ausgehöllt, & jedesmal wenn da n Fuzzi des wegs kommt wo aussieht wien fe-

---

[60] Hellifax. Go to hellifax!

nier dann rennen die leute alle in den berk rein damit se nich inne
Luft gehn[61].Wir sinn auch in die garten an Lagen rein wo ne
Kapelle gespielt hat & wo blos ausgewählte schicki mickis rein
dürfen. In Hallifax würds ziemlich lustig zu gehn wenn die Engländer ihre Solldaten abziehen würden & ihre ofenziere wo alle
fatzken sind. Wir sin da nich mehr lang geblieben weil wir endlich ins Parradies wollten[62]. Die Fahrt war gut & wir sind hier im
Tremont Haus abgestiegen. Ich bin allein raus zumn klein Spatzirgang machen, & da bin ich anne stelle gekommen wo stand
Bosten & Maine Depot, dann isses langsam Zeit geworn zum essen, also wollte ich wider ins Hotell. Ich hab mir fast die Haken
wunt geloffen, heiliger herkules, Boston hat echtn Haufen Boston
& Maine Depots. Ich hab faßtn duzzen gesehn wo ich das hotel
gesucht hab. Ich hab dann n Pollenzist gefragt ob er mir den weg
zeicht, weil allein hab ich den nich gefunden. Papa geht heut
nacht mittach noch ins Harvard College rein, er hat gesacht einer
von seine alte Leerer is da jetz Professer, aber ich glaub er will
sich bloß n LL.D. erpokern.

Wären ich das aufschreib, is da son Schnallerich in dem
Zimmer gegendüber wo sich das hemmt wechselt, das hat unten
Rüschen dran & is voll mit Bordühren; dat issn Fatzke aber ehrlich, jetz machter sich auch nochn Pony hin. Ich glaub der macht
sich fertig für seine schnalle. Seid wir hier angekomm sin hab ich
mich nich mehr ammüsiert, die leute in Boston sinnich sonder-
lich kontack Freudig, weil anscheint mögense mich nich so.

Heut abend fahren wir heim & ich freu mich schon.
Tschüß lieber Jimmy.

---

[61] auch in Kanada gab es in den 1870er Jahren Anschläge der Fenier.
[62] Spitzname für Boston

Bis später, wa.
Georgie.

ENDE

DER DYNAMIT, DER DIE BILDUNGSSPIESSER MIT IHREN PÄDAGOGISCH KORREKTEN KINDERBÜCHERN IN DIE LUFT JAGT
EINE POLEMISCHE NACHBETRACHTUNG VON NÍ GUDIX

Alle kannten ihn, alle liebten ihn, alle hatten mit ihm Tränen gelacht, und er ihn nicht kannte, der hatte definitiv etwas verpaßt. Die Rede ist von „Little Georgie", dem 8jährigen Helden des Buches A BAD BOY'S DIARY, dem amerikanischen Topseller des Jahres 1880. Das Buch, ein authentisches Tagebuch des *„ärgsten Lausbuben der Weltliteratur"* (Kurt Kusenberg), war eine moral- und korsettsprengende Bombe, ein Feuerwerk der Lebendigkeit, ein sowohl inhaltlich wie orthographisch-stilistisches Juwel. Eben *„the funniest book ever written"*, wie Rezensenten schwärmten.

Georgie Hackett ist ein Wirbelwind, dem die spießige viktorianische Welt zu eng ist und der sämtliche Schablonen mit Schießpulver in die Luft jagt. Aber er ist nicht etwa boshaft, im Gegenteil. Er selbst sieht sich als *„good littul boy alwus gettin into mischif"* – daß ihm ständig Mißgeschicke passieren bei seinen Abenteuern, daß seine Späßchen so oft ganz anders ausgehen, als er sich das vorstellt, dafür kann er doch nichts, und es ist ergo ungerecht, ihn dafür auszuschimpfen! – Mit dieser Charakterzeichnung, der des aufrichtigen Wildfangs, der sich von den Erwachsenen nicht verstanden fühlt und der durch seine oft unabsichtlichen Streiche die Verlogenheit der Erwachsenenwelt entlarvt, haben Millionen von Lesern den Bengel ins Herz geschlossen.

Es war daher fast logisch, daß Metta Victor weitermachen mußte mit der Georgie-Saga. Das tat sie auch, mit der ihr eigenen Konsequenz.

THE BAD BOY ABROAD erschien 1883. Georgie ist ein wenig älter geworden, hat an Durchtriebenheit gewonnen, aber seinen schwarzen Humor und seinen Mutterwitz nicht eingebüßt. In diesem Buch fährt er mit seinen alten Eltern durch Europa und erstattet seinem Freund Jim in 34 Briefen Bericht von der Reise.

Das Buch ist eine Sammlung von Lausbuben-Kurzgeschichten, in denen vor allem auch die alten Eltern Profil gewinnen; die drei großen Schwestern, denen Georgie im DIARY noch die Verehrer verschreckte, kommen nicht mehr vor, statt dessen erleben wir Papa und Mama Hackett als amerikanische Sommerfrischler. Darüber hinaus ist das Buch ein historisch hochinteressantes Zeitdokument. Europa im Jahr 1883 – Queen Victoria auf dem englischen Thron, die irischen Fenier erschüttern England immer wieder mit Anschlägen, der Massentourismus entsteht, und in Pompeji ist man noch am Ausbuddeln der Ruinen – ersteht vor unseren Augen wieder, gewürzt natürlich durch Georgies unverwechselbare, oft ganz schön freche Kommentare und seine Streiche und Abenteuer, mit denen er nicht nur seine Eltern in Verlegenheit bringt, sondern auch Verlogenheit und Ungerechtigkeit entlarvt. Und immer stärker kommt auch Metta Victors sozialkritisches Engagement zum Vorschein, vor allem in Georgies anarchischer Negation jeglicher „ette Kette".

Viele hätten diese Anarchie Metta Victor wohl gar nicht zugetraut, denn in ihrem Brotberuf schrieb sie Liebes-Groschenromane. Aber genau deshalb, denke ich, brauchte sie ein Ventil. In ihren Lausbubenbüchern ließ sie raus, was sie für die Fließband-Schmonzetten unterdrücken mußte.

Nach THE BAD BOY ABROAD folgte A NAUGHTY GIRL'S DIARY (1884), das nach demselben Muster gestrickt war wie A BAD BOY'S DIARY, nur eben aus der Sicht eines kleinen Mädchens: Dolly Muggins, 7 Jahre alt, beginnt ein Tagebuch zu führen, in dem sie darlegt, wie ungerecht es ist, daß die Erwachsenen sie stets als „ungezogen" beschimpfen, wo sie doch nur neugierig ist und Sachen auf den Grund geht. Dann folgte der dritte Band der Georgie-Saga: THE BAD BOY AT HOME (1885), in dem sich Georgie als Zeitungsfritze und „Druckfehlerteufel" versucht. Und schließlich legte Metta Victor noch einmal alle ihre Schätze zusammen und landete mit A GOOD BOY'S DIARY vor ihrem Tod 1886 ihren letzten großen Wurf. Hier ist es der 9jährige Johnny Jones, der Tagebuch führt und den der Leser genauso ins Herz schließt wie Georgie, denn auch Johnny ist ehrlich, aufrichtig und phantasievoll und lehrt die viktorianischen Spießbürger das Fürchten, obwohl er doch eigentlich ein ganz „liebes Kind" ist, das brav das befolgt, was in den klugen Büchern drinsteht, die man ihm zum Lesen gibt.

Und hiermit komme ich zu dem, worüber ich dieses Nachwort eigentlich schreiben will: über den Dummsinn heutiger „pädagogisch korrekter" Kinderbücher.

Johnny und Georgie lesen Bücher wie ROBINSON CRUSOE oder solche von Jules Verne oder Jonathan Swift, Johnny liest auch Biographien von berühmten Forschern und Künstlern. Na gut, kann man sagen, das sind alles keine „kindgerechten" Bücher, und daß dann so viel *„mischif"* passiert, hat ja nur damit zu tun, daß die Jungs das alles nachahmen, was sie lesen, ohne es zu verstehen.

Schon. Aber was dabei gefördert wird, bei diesem Lesen ins Blaue hinein, ist die Phantasie sowie die Lebenserfahrung und das Vertrauen in die eigenen Kräfte. Würden sie moderne Kinderbücher lesen, würden sie den banalen Seuch lesen, den man heute den Kindern stopft, diese kitschigen und stilistisch unterirdischen „kindgerechten" Nacherzählungen von Märchen, Klassikern und Fernsehsendungen, dann würde aus ihnen genau das, was auch aus unseren modernen Kindern wird: depressive, bewegungsunfähige, phantasielose, weinerliche Dickerchen, die Bücher blöd finden.

Und es wäre vollkommen gerechtfertigt, denn moderne Kinderbücher sind auch blöd. Blöd und seicht, auf Kommerz und Konsum ausgerichtete Billigprodukte, die es bei McDonald's neuerdings gratis dazu gibt, wenn man sich ein Happy Meal bestellt.

Als ich für meine Übersetzung von A BAD BOY'S DIARY einen Verlag suchte, war ich überrascht von der Verbohrtheit, mit der die Kinder- und Jugendbuchverlage ihre beiden Hauptreligionen verteidigten: erstens die political correctness und zweitens die Orthographie. Beides wird im DIARY konsequent verletzt und dechiffriert, was geradezu pikierte Reaktionen hervorrief – „nicht zumutbar" sei das Buch, „schlicht nicht lesbar", pädagogisch natürlich sowieso ein absolutes No-Go, denn wenn Kinder dieses Buch in die Hände bekommen, dann imitieren sie womöglich die falsche Rechtschreibung! HUCH! – Ich mußte hier an die Zeiten denken, als man Goethe für junge Leser noch für „zu sinnlich" hielt und seine schlüpfrigen Stellen am liebsten überklebte oder zusammenpinnte, damit die Jugend nicht auf unmoralische Wege geleitet werde. Hans Fallada beschreibt so eine Goethe-Zensur „zum Wohle der Jugend" in seinem Roman WOLF UNTER WÖLFEN, und Simone de Beauvoir berichtet in MEMOIREN EINER TOCHTER AUS GUTEM HAUSE davon, daß sie als junges Mädchen vor bestimmten Büchern regelrecht Angst hatte und dachte, sie bekäme eine Art elektrischen Schlag, wenn sie sie lese – denn sie waren ja verboten! – Sitzen wir immer noch in dieser Denke fest? Gibt es immer noch Bücher, vor denen man junge Leser hüten muß, weil sie der augenblicklich vorherrschenden Moral zuwiderlaufen, und die man dann zensiert, beschönigt und verharmlost, damit die jungen Leser, falls sie die Bücher doch in die Hände bekommen, nicht unmoralisch werden? Ist Georgie auch dermaßen unmoralisch, ein schlechter Einfluß für die Jugend? Müssen wir seine Rechtschreibung korrigieren, seine frechen Bemerkungen streichen und seine Streiche kürzen, damit er für die Jugend zumutbar wird? Sind wir immer noch im viktorianischen Zeitalter gefangen? Wie spießig und moralinsauer sind wir denn eigentlich, mit unserer steifen political und pedagogical correctness, mit dem ewigen wedelnden Zeigefinger und dem Mantra der „richtigen" Erziehung und der „richtigen" Bildung? Oscar Wilde schrieb, es gebe keinen „guten" Einfluß, *„Einfluß ist immer schlecht, denn er ist ein Echo von der Musik anderer"*. Wer macht die Musik, von der die zu schützende Jugend nur bestimmte Töne hören darf? Die Bedenkenträger, die PISA-Studienleiter, die KultusministerInnen, die neurotischen und hysterischen Bildungseltern und die noch neurotischeren und hysterischeren Kinderbuchverlage, denen langsam schon PIPPI LANGSTRUMPF zu riskant ist, weil die Kinder dort angeblich zu Rassismus angestachelt würden (so eine Mediendebatte 2011) und die am liebsten nur noch triviale Nacherzählungen und harmlosen Fantasy-Schrott drucken, damit die Kinder ja keine gefährlichen eigenen Ideen entwickeln, sondern immer schön die stumpfsinnigen Idioten bleiben, die ihre Eltern in ihnen sehen.

Eine Verlegerin schrieb mir (und ich konnte ihre Pikiertheit geradezu riechen), „sogar für geübte Leser" wie sie sei das Buch „sehr mühsam zu lesen". Was heißt hier „sogar"? *Gerade* für geübte Leser ist es *auch* anstrengend, und das ist nichts Negatives, im Gegenteil! Wenn auch Erwachsene beim Lesen noch etwas Neues erleben können, kann das doch nur positiv sein! Georgie ist doch wie ULYSSES: ein Sprachabenteuer! Warum kneifen sie alle davor, es zu wagen? Was mich an dieser Reaktion ärgerte, war auch die Auffassung, daß Literatur, besonders Literatur für die Jugend, niemals mühsam oder anstrengend sein dürfe, sondern immer leicht konsumierbar und locker verdaulich sein müsse. Genau damit aber wird der Bildungsauftrag verfehlt. Damit ebnet man dem weichgespülten Journalismus den Weg und dem anspruchslosen Unterschichtenfernsehen. Man will die Jugend wieder hinführen zum Lesen, aber wenn man ihr nur vorgekaute Weichspülbücher ohne jeden Anspruch und ohne jedes stilistische und inhaltliche Niveau vorlegt, dann kommt sich die Jugend – zu Recht – verarscht vor. „Die Jugend" ist nämlich gar nicht so doof und blöde, wie sie die Jugendbuchverlage gerne hätten! Der Kommentar „die Kinder verstehen das doch noch nicht" ist für mich der respektloseste Unsinn, den ich je gehört habe (nicht zuletzt aufgrund meiner eigenen Erfahrung als Kind – ich fand es widerlich, daß es immer Erwachsene zu geben schien, die zu wissen glaubten, was ich verstehen darf und was nicht). *Gerade* anspruchsvolle Literatur mit stilistischen und inhaltlichen Klippen ist doch interessant, gerade dadurch wird man als Leser doch gefordert. Während man von den Programmen der Verlage mit ihrem ewig gleichen, konformen, banalen Brei chronisch unterfordert und unterfüttert wird.

Aber genau das scheint die Kinder- und Jugendbuchbranche nicht zu begreifen. Ein gutes Jugendbuch, so verstand ich die Reaktionen auf Georgie, muß stilistisch anspruchslos und inhaltlich bieder und konform sein. Auf keinen Fall darf es Sprachspiele und Wortwitz enthalten, denn das könnten die armen Kinder ja nicht oder falsch verstehen.

Die momentane Kinder- und Jugendbuchbranche vertritt damit die These, daß Kinderbücher im Grunde keine wirklich ernstzunehmende Literatur und keine „richtige" Kunst sind. Kinderbücher schreiben kann jeder, denn dazu braucht es kein Talent, keine Begabung, keinen Wortschatz, kein Sprachgefühl, keine Phantasie, das alles verstehen die Kinder ja eh nicht. Es reicht schon aus, wenn man ein paar pädagogische Heftchen gelesen hat, dann kann man z.B. ALICE IM WUNDERLAND „für Kinder lesbar" nacherzählen. Literatur ist das dann natürlich nicht mehr, aber Literatur verstehen die Kinder doch sowieso nicht. Ich habe tatsächlich mal eine MAX UND MORITZ-Ausgabe gefunden mit Prosa-Nacherzählungen der Streiche im biedersten Lesebuchdeutsch, damit auch die beschränktesten und humorlosesten Eltern das unmoralische Buch von Wilhelm Busch pädagogisch korrekt erklären konnten, und mit Anmerkungen dazu, damit ja kein Kind auf die Idee kommen sollte, Lehrers Pfeife etwa auch mit Schießpulver in die Luft zu jagen…

Die Kinder, die jetzt mit diesem Mist vollgestopft werden, werden dann auch als Erwachsene zur Literatur und Kunst ein ambivalentes Verhältnis haben und vermutlich nie freiwillig ein Buch in die Hand nehmen. Bücher, das haben sie als Kinder gelernt, sind wichtigtuerischer, trivialer Müll. Bücher sind verschriftlichtes Fernsehen, nicht mehr. Da spuckt man große Töne und will die Kinder von den Bildschirmen weg zu den Büchern locken, aber die Bildschirme bieten längst anspruchsvollere Inhalte wie die vorgekauten, weichgespülten, banalen Kinderbücher.

Humor ist das, was den hysterischen deutschen Bedenkenträgern und Bildungsneurotikern fehlt. In den USA waren Metta Victors Bad-Boy-Bücher gutverkaufte Schmunzellektüre, man amüsierte sich an den Wortverdrehungen und den Sprachspielen, und es ist auch nichts überliefert, daß Kinder, die die Bücher in die Hände bekamen, besonders rechtschreibschwach, blöde und bildungsfern wurden dadurch, daß sie Georgies Rechtschreibkapriolen mitverfolgten. Im Gegenteil, es wurde die Phantasie angestachelt, was auch bedeutet, daß der Sprachhorizont erweitert wird. Eine berühmte junge Leserin von Georgies Abenteuern war z.B. die Autorin Lucy Maud Montgomery.

Das scheinen die Bildungsspießer hierzulande immer zu übersehen. Einerseits singen sie ihr Hohelied auf die Klassiker, auf Goethe, Schiller, Eichendorff, auch auf die hohe Kunst der Lyrik, aber ihrem bornierten Schubladendenken entgeht, daß Poesie nicht nur da drin ist, wo „Lyrik" und „pädagogisch wertvoll" draufsteht, sondern daß es auch in vielen anderen Sachen drin sein kann. Sie brauchen immer mindestens ein kommentiertes Lehrerbändchen, besser natürlich ein ganzes Regal voll Sekundärliteratur, damit sie sicher wissen, ob sie das betreffende Buch der Jugend zumuten dürfen, d.h. sie brauchen einen TÜV-Siegel, der ihnen sagt, ob es sich wirklich um kindersichere Kunst handelt. Aber gibt es so ein TÜV-Siegel? Wenn das Buch in ihrem Bildungskatechismus erwähnt wird, gilt es als „Literatur", und die Stilmittel sind dann „Kunst". Wenn es im Bildungskatechismus nicht auftaucht, sind die Stilmittel nicht mehr Kunst, sondern Fehler. Ich wurde gefragt, ob man die „Mängel" in der Sprache nicht entfernen und das ganze Buch kürzen und „verbessern" könne. Es gibt Leute, die erst das Thermometer befragen, ob sie schwitzen dürfen. Und es gibt auch Leute, die zu einem Ausländer erst dann höflich sind, wenn er einen akademischen Titel hat. Genau solche Leute sind es, die in den Kultusministerien sitzen und den Kinderbuchverlagen vorstehen. Die Bildungsspießer der Kultusministerien, jene humor- und phantasiefreie Spezies Bürger, scheinen zu denken, nur das sei der Jugend an Literatur zuzumuten, was sie, die Bildungsspießer nämlich, mit ihren beschränkten Hirnen selbst mal durchgepaukt haben. (In den Vorständen und Kultusministerien sitzen nämlich gerade NICHT die Leute mit Phantasie, sondern die Leute, die schon als Schüler brave Langweiler waren.) *„Die Dummen und Beschränkten / sind die Meisten und die Stärkern. / Aber spiel nicht den Gekränkten - / bleib am*

Leben, sie zu ärgern!" Das rief Erich Kästner aus, der mit seinen Werken ja auch gegen die borniere, schalldichte Mauer der pädagogisch wertvollen Kinderliteratur anrannte, und das ruft auch Georgie euch zu.

Im Grunde verwundert es nicht, daß die deutsche Jugend schon vor PISA keine Lust mehr zum Lesen hatte, bei dem weichgespülten, konformen, vorgekauten Müll, den sie von den Bildungsspießern serviert bekommen. Feuer im Arsch? Glühen? Kennen die Bildungsspießer selber nicht, also sind sie dagegen, denn es könnte die Kinder ja zu Aufmüpfigkeit und Widerstand anregen. Und die Kinderbuchverlage fressen das, und die völlig verunsicherten Eltern sowieso. Ist MICHEL AUS LÖNNEBERGA gut für mein Kind? Darf ich meinem Kind Griimms Märchen vorlesen? Sind die Karriereaussichten und das Sozialverhalten meines Kindes in Gefahr, wenn ich mit ihm MAX UND MORITZ spiele? Was muß ich beachten, wenn PIPPI LANGSTRUMPF im Fernseher läuft? Ist der Film WER FRÜHER STIRBT IST LÄNGER TOT moralisch unzumutbar für mein Kind?

Sind Humor, Phantasie und Lebensfreude unwerte und auszurottende Eigenschaften, vor denen wir unsere Kinder schützen und von denen wir sie befreien müssen, koste es, was es wolle?

Das war schon das Credo in den Hoch-Zeiten der schwarzen Pädagogik, vor allem auch in der Blütezeit der viktorianischen Spießer. Ist man wirklich keinen Millimeter weitergekommen?

Nö, man hat sich sogar zurückbewegt. Ist sicherer, wa. Die Zeit der rosa Pädagogik ist mitunter genauso einengend, bevormundend und witzlos wie die der schwarzen.

Ich weiß, ich bin hier ungerecht und polemisch. Es gibt auch viele gute, offene, engagierte Kinder- und Jugendbuchverlage, und ich habe auch andere Antworten erhalten als die oben zitierten. Aber die oben zitierten waren die Norm, und die Pikiertheit und dieses „huch, was ist denn das für ein Buch, so was geht ja gar nicht" schwangen immer mit. Niemand schrieb mir ehrlich, warum er skeptisch war, und niemand interessierte sich auch für meine Erfahrungen, die ich mit Georgie Hackett und mit Kindern und Jugendlichen gemacht hatte. Viele waren auch gefangen in ihren Klischees von „Spannung", „Abenteuer" und „Mitfiebern", das hier alles zu kurz käme, und erkannten nicht, daß ihre Vorstellung von „Spannung" ein künstliches Gimmick ist, mit dem man üblicherweise eine schlechte Story kaschiert, und daß dieses Gimmick dem Bad Boy nicht fehlte, sondern schlicht unnötig war, denn ein gesundes Bein braucht auch keine Stützstrümpfe. Na, egal, man war not amused und not interested. Man blieb dabei: Georgie Hackett war untragbar, unerwünscht, pädagogisch nicht korrekt und „altmodisch". Kinder und Jugendliche könnten, wenn überhaupt irgendwas, nichts Gutes von ihm lernen.

Diese Reaktionen machten mir klar, daß nicht Metta Victors „Bad Boy" der Altmodische im Bunde ist, sondern die steifen Moralkorsetts der Bildungs- und Erziehungsspießer. Die waren im 19. Jahrhundert schon so steif gewesen wie heute, und ein kleiner frecher Wirbelwind hatte sie aus dem Konzept gebracht – wie heute auch.

Natürlich, der BAD BOY ABROAD ist kein Kinderbuch, zumal Georgie hier bereits älter ist und sein „Image" gezielt einzusetzen vermag, und zumal Metta Victor hier auch die Sprachspiele mehr und mehr auf die Spitze zu treiben beginnt – es werden immer weniger „Rechtschreibfehler" und immer mehr Sprachfinten, die James Joyce oder George Bernard Shaw alle Ehre gemacht hätten. Die englische Sprache wird wie ein Gummiband auseinander gezogen und ausgeleiert. Beim GOOD BOY'S DIARY und bei THE BAD BOY AT HOME setzt sie hier noch einen drauf, aber auch hier lehrt sie verknöcherte Sprachpuristen und biedere Schulmeisterlein schon das Fürchten, wenn aus der „Mediterranean Sea" etwa die „Me-did-it-rain-on See" macht oder wenn „dynamite" zu „Danny might" wird.

Aber dennoch macht das Lesen jedem Spaß, der den Mut hat, in das Buch hineinzutauchen. Auch Kindern und Jugendlichen. Warum denn nicht?

Das Genre der Kinderbücher gibt es noch nicht lange. Zur Zeit der schwarzen Pädagogik erschöpften sich Kinder- und Jugendbücher auf die Bibel, die Schulfibel und bebilderte Benimm-Knigge, wie beispielsweise den STRUWWELPETER. Heutige „Klassiker" der Kinderliteratur, wie Bücher von Wilhelm Busch oder Karl May sowie auch Werke wie ROBINSON CRUSOE oder GULLIVERS REISEN waren keineswegs für Kinder geschrieben, im Gegenteil. Es waren Reiseromane, Satiren, Schmunzel- und Erinnerungslektüre, verfaßt für einen Erwachsenenmarkt, und lesebegeisterte Kinder klauten sie aus dem elterlichen Regal und lasen sie heimlich mit roten Ohren und leuchtenden Backen unter der Bettdecke. Daß die Helden in den Köpfen bis heute überlebt haben, hat einen Grund: gute Kinderbücher sind gleichzeitig gute Erwachsenenbücher, denn sie enthalten Lebensweisheiten, Erfahrungen, gewürzt mit Philosophie, Humor und Sprachfertigkeit, also die volle Packung Leben, die volle Packung Authentizität.

Deshalb sind die „pädagogisch korrekten" Kinder- und Jugendbücher der vergangenen Jahrzehnte zu einem Großteil in die Tonne zu tretendes Altpapier – und zwar wörtlich. Langweilig geschriebene, immer mit einem deutlichen mahnenden Zeigefinger versehene rororo- oder Jeans-Bücher zu den Themen Drogen, Kriminalität, Ausländer; vorhersehbare und nach Schema F gestrickte „Kinderkrimis"; Billigmärchen aus der Retorte, ohne jedes Leben, ohne jedes Glühen dahinter, wie der HARRY-POTTER-Kitsch: das sah ich in den letzten Jahren sehr oft auf Bücherflohmärkten und in Umsonstbuchhandlungen. Wer zuhause seine Bücherregale ausmistet, räumt zuerst den Schrott weg, den er, wenn überhaupt, nur ein einziges Mal gelesen hat und dann nie wieder, und das sind die schrottigen Jugendbücher, die er mal geschenkt bekam. (Es gibt auch nicht-schrottige Jugendbücher, aber die schmeißt man eben nicht raus. Janosch, Astrid Lindgren, Paul Maar: das sind Bücher, die liest man auch als Erwachsener immer wieder und bekommt davon immer wieder eine Gänsehaut. Von dem pädagogisch korrekten Billigkram aber nicht.)

Die Arroganz der Bildungsspießer ist stets die, daß sie denken, Kinder wüßten weniger als Erwachsene, und man müßte ihnen alles auf „kindgerechte Weise" erst beibringen. Die wirklich großen Schriftsteller aber wissen: es ist andersrum. Kinder wissen viel mehr als Erwachsene, und je älter sie werden, desto mehr verlieren sie diese absolute Weisheit. Was die Bildungsspießer und Bedenkenträger „Bildung" nennen, ist das Ersetzen von intuitiver Weisheit durch borniertes Faktenwissen. Darin, das ist klar, sind die Erwachsenen „weiter", denn sie haben ja schon mehr Fakten gefressen als die Kinder und sind schon viel länger mit Faktenfressen beschäftigt. Und der Kopf des Kindes ist leer, also mal rein mit der Bildung, kübelweise, eimerweise, Quantität ist wichtiger als Qualität, jeder Schrott ist willkommen, Hauptsache, das Kind frißt, das Kind lernt was!

Der Kopf des Kindes mag zwar leer sein, aber sein Herz ist voll. Schon von Geburt an. Und deshalb verstehen Kinder auch, wenn man ihnen komplexe Sachverhalte verdünnisiert und verharmlost darbietet. Das Leben ist im Grunde keine komplizierte Sache, nur die Bildung macht es dazu. Was ist Krieg? Kann man Kindern Krieg „kindgerecht" erklären? Ist das

Thema nicht zu komplex für Kinder? – Andersrum: Ist Krieg nicht im Grunde so banal und kindisch, daß kein gebildeter Erwachsener sich damit abgeben dürfte? Eben.

Und während wir von der Bildung verbildeten Erwachsenen das erst jetzt schnallen, haben das die Kinder schon längst gewußt.

Metta Victor hatte neun Kinder und hat vermutlich viel von ihnen gelernt, sonst hätte sie diese herrlichen Bücher nicht schreiben können. Und wenn ihr ihr eigenes Image und ihr Nachruhm so wichtig gewesen wären wie es Mark Twain wichtig war, dann würde ihr Ruhm heute wohl immer noch den seinen übertrumpfen. Aber solche Dinge scherten sie nicht. Sie schrieb unter unzähligen Pseudonymen – die BAD-BOY-Serie selbst schrieb sie als Walter T. Gray – und manchmal sogar anonym. Es ging ihr nicht darum, daß ihr Name unsterblich würde, sondern darum, daß ihr kleiner Held die Leute entzückte. Und das tat er. Er hatte einen Nerv der Zeit getroffen, als er 1880 aus seiner Kanone geschossen wurde, und er trifft den Nerv auch noch 130 Jahre später. Jedenfalls habe ich bei vielen Lesern diese Erfahrung gemacht, auch wenn die pädagogisch Korrekten das nicht wahrhaben wollen.

Georgie lebt, und es ist verdammt gut, daß er lebt! Wenigstens einer, der noch imstande ist dazu, den ganzen sterilen Kitsch in die Luft zu jagen!

DANK

an Ane Gotte und an Beate Lemcke
…und an viele andere Freunde und Kollegen, die mich unterstützten und
das Erscheinen dieses Büchleins ermöglichten.
Ní Gudix, 2012

METTA VICTOR: *TAGEBUCH VON NEM SCHLIMMEN SCHLINGEL (A BAD BOY'S DIARY)*.
AUS DEM AMERIKANISCHEN VON NÍ GUDIX.
KILLROYMEDIA ASPERG 2010, 208 SEITEN, MIT
ILLUSTRATIONEN DER ÜBERSETZERIN.
ISBN 978-3-931140-18-2, 14,-€
WWW.GUDIXTRANSLITERARIX.JIMDO.COM;
WWW.KILLROY-MEDIA.DE

PRESSESTIMMEN:

„ Übersetzung des Jahres" (Michael Helming, LICHTWOLF); *„Gudix ist es jetzt gelungen, Metta Victors Werk neu zu übersetzen. Und zwar so, daß es sich liest wie im amerikanischen Original. Wunderbar zum Schmökern, um es den Kindern vorzulesen und um selber laut zu lachen."* (Philipp Richter, SCHWÄBISCHE ZEITUNG); *„Die Übersetzerin Ní Gudix hat bei der deutschen Ausgabe ein Meisterwerk hingelegt"* (Hermann Borgerding, lovelybooks.de); *„Es ist ihr gelungen, Georgie in seinem deutschen Tagebuch einen Slang schreiben zu lassen, den man munter in einem Zug runterlesen kann. Ní Gudix und Michael Schönauer haben etwas Wunderbares daraus gemacht."* (Frank Milautzcki, FIXPOETRY).